U0116813

新世纪经济管理博士丛书

财政压力周期变动下的政府行为

——对公共政策理论基础的重新阐释

魏凤春　著

上海财经大学出版社

图书在版编目(CIP)数据

财政压力周期变动下的政府行为/魏凤春著．—上海：
上海财经大学出版社，2008.11
(新世纪经济管理博士丛书/黄汉江总主编)
ISBN 978-7-5642-0260-6/F·0260

Ⅰ.财… Ⅱ.魏… Ⅲ.财政政策-研究 Ⅳ.F810

中国版本图书馆 CIP 数据核字(2008)第 093488 号

特约编审：晓 翰
责任编辑：王 刚
封面设计：周卫民

CAIZHENG YALIZHOUQIBIANDONGXIA DE ZHENGFU XINGWEI
财政压力周期变动下的政府行为
——对公共政策理论基础的重新阐释
魏凤春 著

上海财经大学出版社出版发行
(上海市武东路 321 号乙 邮编 200434)
网 址：http://www.sufep.com
电子邮箱：webmaster@sufep.com
全国新华书店经销
常熟市兴达印刷有限公司印刷装订
2008 年 11 月第 1 版 2008 年 11 月第 1 次印刷

850×1168 1/32 6.75 印张(插页：1) 169 千字
印数：0 001-1 900 定价：14.00 元

新世纪经济管理博士丛书
编辑委员会

（均以姓氏笔画为序）

赵铁生　天津大学管理学院副院长、教授
郝文贤　内蒙古财经学院教授
胡　昊　上海交通大学建工学院教授、博士后
侯　昶　南京工业大学教授
俞　冲　上海冲佳电力工程安装有限公司董事长、客座教授
姚梅炎　中央财经大学教授
聂名华　中南财经政法大学教授、博导
顾士俊　浙江大学教授
顾孟迪　上海交通大学管理学院教授、博导
钱从龙　东北财经大学教授
钱昆润　东南大学教授
徐　衡　天津财经学院教授
徐文通　中国金融学院原院长、教授
徐君如　贵州财经学院教授
唐海燕　上海立信会计学院院长、教授、博导
黄汉江　《基建管理优化》总编辑、上海立信会计学院工商管理学院院长、原上海理工大学投资与建设学院院长、教授、荣誉博士、博导、政协委员
黄良文　厦门大学教授
黄国平　上海万峰企业集团董事长、客座教授
盛松成　中国人民银行上海分行副行长、博导、教授
屠梅曾　上海交通大学管理学院系主任、教授、博导
葛玉辉　上海理工大学管理学院教授、博士
董肇君　天津城市建设学院管理系主任、教授
景宗贺　原中国建设银行投资研究所所长、研究员
傅建华　上海浦东发展银行行长、高级经济师
雷良海　上海理工大学审计处处长、教授、博导
雷仲篪　中南财经政法大学教授

廖　承　湖南财经学院教授
臧新民　上海浦东新区人民政府副区长、高级工程师
樊行健　西南财经大学副校长、教授、博导
潘正汇　山东经济学院教授
戴复东　同济大学高新建筑技术研究所所长、教授、院士

总 序

人类进入21世纪，就进入了科学技术突飞猛进的新时代、进入了知识经济迅速兴起的新时代。如何应对新世纪知识经济的挑战，人类必须坚持科学创新、技术创新、管理创新、理论创新和知识创新。因而，我们诚邀经济学博士和管理学博士们撰写"新世纪经济管理博士丛书"，以传播创新的经济管理前沿知识。"新世纪经济管理博士丛书"由上海市基本建设优化研究会、上海基本建设优化研究所和《基建管理优化》编辑部等单位联合组织编纂。

上海市基本建设优化研究会成立于1985年，原名中国基本建设优化研究会上海分会，由上海市市委宣传部批准，属上海市社会科学界联合会成员，系学术性社会团体。本会的宗旨是遵守宪法、法律、法规和国家政策，遵守社会道德风尚，应用国内外先进的优化理论、方法，积极开展基建优化研究，为我国尤其是上海的现代化建设贡献力量。该研究会会员遍布上海投资与建设领域，其理事会由浦东新区人民政府、上海市建设委员会、上海市计划委员会、上海市教育委员会、上海市财政局、上海市民政局、上海市市政工程管理局、上海市房地局、宝钢集团、上海市建工集团、上海市房地集团、上海市城建集团、上海市建材集团、中国建设银行上海市分行、上海各大建筑设计院、国家有关部委建筑设计单位和建筑局(公司)、复旦大学、交通大学、同济大学、上海理工大学、上海财经大学、华东理工大学、上海大学、华东师范大学、上海社会科学院、上海立信会计学院等领导、专家、学者、教授组成。

上海基本建设优化研究所于1992年由上海市市政工程管理局批准成立，主要从事基建领域四技服务和基建设计优化、基建施工优化、基建投资优化、基建管理优化等方面的科学研究，同时也参与策划、编纂本专业方面的著作、教材、工具书等。

《基建管理优化》创刊于1989年，立足上海、联合华东、面向全国，拥有全国一流的基建管理研究阵营：国家有关部委领导任顾问；220多名副教授、高级工程师等以上职称的专家、学者组成的编辑委员会；110多名教授、研究员等全国著名专家、学者和厅局级以上干部组成的常务编委会。真是精英荟萃！《基建管理优化》得到了国家建设部、国家财政部、国家发改委、国家新闻出版总署、国家铁道部、国家统计局、中国建设银行、中国建筑总公司等有关部门领导或专家、学者的大力支持；得到了中央党校、清华大学、中国人民大学、复旦大学、交通大学、同济大学、上海理工大学、上海财经大学、上海大学、华东理工大学、华东师范大学、上海立信会计学院、浙江大学、南京大学、东南大学、南京工业大学、厦门大学、天津大学、重庆建筑大学、哈尔滨建筑大学、深圳大学、东北财经大学、中南财经政法大学、中央财经大学、中国金融学院、西南财经大学、江西财经大学、湖南财经大学、山西财经大学、陕西财经大学、天津财经学院、贵州财经学院、新疆财经学院、浙江财经学院、山东经济学院、天津商学院等40多所大专院校领导或学者、教授的大力支持；得到了中国社会科学院、国家发改委投资研究所、中国建设银行投资研究所、冶金部建筑研究总院以及《求是》杂志等30多个研究机构领导或学者、专家的大力支持。该刊主要研究投资经济管理、基建经济管理、建筑经济管理、房地产经济管理、市政工程经济管理等学科。

"新世纪经济管理博士丛书"编辑委员会委员主要来自相关财经大学和有关综合性大学的经济管理学界的知名学者和教授以及国家有关部委的知名专家、学者。其作者均是经济学或管理学博士和博士后。

我们真诚地预祝"新世纪经济管理博士丛书"的编纂工作圆满

成功！同时衷心感谢丛书顾问、领导、编委和作者们的大力支持和热情关心！

新世纪经济管理博士丛书

总　主　编：黄汉江

2008年11月

前 言

本书在一个财政压力周期变动的框架内考察了政府的行为变化，旨在重新阐释公共政策的理论基础。

公共政策研究的基础是对政府和市场关系的研究，核心是搞清楚政府是干什么的。对政府行为的研究历来是横看成岭侧成峰，经济学家习惯于认为政府应该随着制度的变迁而依次转换角色，即制度变迁的初期，政府首先构造出一个市场的基本框架；然后政府职能转变为呵护民间部门的协调发展；民间部门足够发达，亦即市场发育相当成熟之后，政府开始退居幕后，为市场失灵拾遗补阙。这是国家推动发展论、市场增进论与亲善市场论的观点。这些认识是在制度变迁具有确定性和可预见性的隐含假设下做出的。制度变迁具有过程复杂性和结果不可预知性的主要特征，因而它的最终目标是随机的。这一点对于转型时期政府行为的研究尤其重要。此外，对政府行为进行的规范分析也违背了经济解释的初衷。其结果对经济学家来讲，公共政策的研究既是挑战，又会遭受挫折，不仅公共政策的制定过程而且其结果均不符合人们的期望。

本书坚持在一个周期变动的制度框架内对政府行为进行经济解释。作者认为，制度变迁是公共政策的存在缘由，穷则思变，财政压力是引起制度变迁的最重要变量。基于“财政手段是政府的神经，政府的税收等于政府本身，实际上政府的一切都依赖于它”的公理，政策的变化可以看作是政府为获取财政收入而进行的公共收支的调整，改革只不过是相对剧烈的政策而已。

在一个财政压力波动的基础上考察政府行为，研究公共政策的理论前提随之需要改变。

首先是政府行为目标的改变。本书考察了经济学家对政府行为目标假定的变化,先是从天堂的模型过渡到理性的政府模型,然后将政府从一个整体分解为个人。在坚持政府效用最大化的基础上,引入了达尔文主义在经济学上的应用,并放弃了经济人同质性的假定。强调了权威因为具有经济政治和道德等方面独创者的品质,因而在制度演化过程中发挥着特殊的作用。政府为了达到效用最大化的目的,在不同的财政压力条件下会采取不同的选择,即政府目标动态化。由此得出本书坚持的一个基本的并且贯穿全文的逻辑:当政府面对确定的财政收益时,价值函数通常是凹函数,政府是风险厌恶型的;政府面对一定的损失时,价值函数是凸函数,政府是风险追逐型的。

这是将行为经济学的研究成果引入公共政策研究的尝试。除此之外,本书还在行为经济学个人心理账户的基础上引入了政府心理账户的概念,进而在一个不完全合约的框架内重新修正了财政的概念,将财政定义为一个不完全合约下私人权利与公共权利的相互转移。财政压力的变化影响到政府心理账户的变化,因而其政策会相应改变,而心理账户的变化还会直接影响到政府行为目标的变化,这决定了政府是做一个计划者还是做一个执行者。前者考虑长期的财政收入最大化,后者考虑短期的财政收入极大化,因而便有了短期的政策操作与长期制度建设的矛盾。一般而言,政府是首先考虑短期收入最大化的,因为按照委托代理的理论,财政的失败是政府失败的充分条件。政府作为一个代理人,其行动的主旨在于通过政策操作来保证财政压力的缓解,从而延长执政的时间。

因而,政府是有生命周期的,政府不是青春永葆的。本书建立了一个政府的生命周期模型,全面地论述财政压力变化引致的政策变化。将这种政策变化纳入财政压力周期变动与制度周期变动的体系，则更多地体现了动态考察公共政策基础的必要性。对于制度变迁不确定的体制下政府行为的研究，这是必要的前提。

制度变迁具有制度僵滞—制度创新—制度均衡—制度僵滞的周期变化的特征。与此相适应，财政压力也是周期变动的，两者以经济长期增长为纽带而产生了互动的关系。

本书选择制度僵滞的环节作为论述的开始，此时政府陷入财政危机。制度僵滞的原因是社会收入分化、穷人有创新动力而无创新能力，富人有创新能力但无创新动力，因而经济停滞。市场行为难以解决公共悲剧，强行进行财富的转移会产生“厨房效应”，并且政府往往向富人妥协，这样在一个封闭的经济体内难以使经济走出困境。虽然外部的竞争可以使得制度僵滞得以打破，但是，这需要承担巨大的风险。只有权威才能够承担这些风险，并且获得超额的回报。权威是那些具有超常能力和创造性的人，擅长利用竞争过程来实现其自身的目的，前瞻的、创造性的领袖能够打破现存模式并变革制度。

本书从无论是在私人的还是集体的行动中，有目的的个人才是基本的决策者的经济学研究的基本假定出发，研究了权威在打破制度僵滞时的作用，以及制度创新之后政策的变化，并将权威的生命周期与财政压力的周期变动结合起来，探讨了权威的在位、退出等的行为选择。其中，重点考察了权威的情操指数、任期、偏好等对公共政策的影响，得出了财政压力对权威行为起决定影响的结论。

政府或者权威为了缓解财政压力，必然实行短期的政策操作，这种操作包括税收、国债、铸币税、垄断权的转移和产权的变革等。不同的政策对政府心理账户的影响不同，因而具有不同的选择次序。这种选择的次序是由微观主体的心理账户决定的，它直接决定了合约完全的程度。公共政策的实施其实也是一个合约变化的过程，财政压力越大，政府越不愿意遵守合约。

短期政策操作的结果具有明显的外部效应和累积效应，因而长期的制度建设随之产生。本书考察了公共政策的时间一致性问题，指出短期的政策操作和长期的制度建设因为财政约束和利益的纷争而存在着冲突。两者耦合的基本条件非常难以达到，但并非全无可能。如果短期的政策操作的外部效应促进了市场的形成，产权的分散、收入分化程度的下降，以及权威的独裁过渡到民主等，则是一种两者耦合的路径选择。这样一种客观的摸着石头过河的结果，一般来说是很难达到理想的境地。政府特别是权威的积极作用就是通过政策的调整，使社会的目标向此理想状态靠近。我们特别提到了有时候权威行为偏好的改变，对于两者耦合的积极作用。

本书坚持客观地进行经济解释，本能地拒绝进行理性的构建，但是揭示导致某种固定行为模式的规律是社会科学家的中心任务。因此，作者的主旨即在于努力寻找这样一条“失之东隅，收之桑榆”的改革之路。在财政压力始终伴随中国改革并且越来越大的背景下，本书对政府行为的解释，有助于对现实问题的回答。

对中国 1949～2001 年财政压力周期变动下政府行为的研究，是上述理论在现实中的应用，作者对中国改革周期提供了新的解释。

目录

第一章　绪　论

第一节　写作背景

在很多人看来,经济学家的任务就是把一些司空见惯的结论用一些模型化的东西将其复杂化、抽象化。本书研究的就是这样一个命题,即“穷则思变”。目的在于探讨财政压力波动与政府行为变化的关系,藉以重新阐释公共政策的理论基础。

穷则思变,对政府来讲就是财政压力引发公共政策的变化。财政压力是政府政策操作最基本的约束。通俗地讲,政府的所作所为都是为了摆脱这种约束。财政压力是变动的,并且具有周期性。从长期来看,政府的财政会经历一个从危机到盈余再到危机的过程,这个过程往往可以融入一个制度演化的周期之中,而制度演化的过程和结果是不确定的。因此,穷则思变虽是常理,却值得深入探讨。本书就是以此为切入点,开始了重新阐释公共政策理论基础的路途。

一、研究的兴趣

学术研究对一个学者来讲,首先是自娱自乐,其次才是服务于大众。因此,性情所至是研究的出发点,也是一种自我激励。

选择财政的视角,研究政府行为,缘于作者长期以来对公共政策理论基础的思考。政府是一个将外部性内部化的组织,其职能在于提供公共品,而财政是完成这一职能的金融手段。财政是政府行为最重要的约束条件,以此为出发点可以明确地透视公共政策生成的机理。对政府在制度变迁过程中的行为恰当与否的理由是什么、短期政策操作与长期制度建设的冲突与耦合的条件在哪里等这些众说纷纭而无一定论断问题的研究，处处洋溢着思考与实践的快乐。

二、对现实问题的理论回答

之所以将研究的范围限定在财政压力周期变动的框架内，是由于现实的经济运行对经济理论的要求。虽然经济解释大行其道，然而揭示导致某种固定行为模式的规律是社会科学家的中心任务(哈耶克，2002)[①]。面对中国的制度变革，经济学者没有理由回避对经济运行具有解释意义的规律的探求。中国的经济转型始于政府应对财政危机的非常之举，20多年经济的高速发展之后，政府又重新面对财政压力凸显的窘境[②]。在财政压力周期变动的过程中，短期的政策操作与长期的制度建设冲突不断，政府行为时有失当。什么是恰当的政府行为？公共政策的基础是什么？现实的经济运行提出了要求，不确定性的制度变革为经济学者提供了难得的实验机会。任何伟大的理论都是在为现实的变革进行注解后，才变为对现实具有指导意义的。现实的中国变革需要对此加以总结。

三、公共政策理论基础的深入与扩展

在财政压力周期变动的框架内研究政府行为，可以避免将政府行为这一包罗万象的研究泛化。同时，对公共政策理论基础的探讨才能深入。不仅如此，在财政压力下对政府行为的研究可以在不同的领域进行扩展，这有助于对公共政策微观基础的探讨。

比如，政府的财政危机、企业的财务危机、个人的债务危机以及它们之间的关系；不同行为主体在财政危机状态下的行为的研

① 参见本书参考文献。此后类同。

② 在2002年之前，人们对中国政府财政的普遍看法是中央借新债还旧债，省级政府60％财政困难，县级政府90％财政压力极大。财政困难永远是政府面对的首要问题。

究都可以夯实公共政策理论研究的基础。本书只是这一研究计划的一部分,目的是以政府在财政危机下的行为为样本,建立一个基本的理论框架。"政府是一个超级企业"(Coase, 1960)[①],政府的行为理论可以对企业行为理论的研究起到很好的借鉴作用。微观个体的行为也可以在此基础上进行扩展与综合。

本书的研究还是另一个更长久研究的引子。经济学的研究,在立足于现实之后,都应该回到历史中去。财政危机周期变动引致政府公共政策变化,从而引起社会制度周期变动的结论如果成立的话,对中国历代王朝变迁的探讨便增加了一个新的视角。历史的研究又可以为现实的研究与探索提供借鉴,两者相得益彰。

第二节　文献回顾

"对经济学家来讲,公共政策的研究既是挑战,又会遭受挫折。不仅公共政策的制定过程而且其结果均不符合人们的期望"(Daniel W. Bromley, 1989)。亚当斯(Adams)认为,"国家干预的后果是既解放又束缚,既创造又毁灭"[②]。对政府适当行为或者说公共政策理论基础的研究自亚当·斯密以来,围绕着政府与市场的关系进行了无数的探讨。每当现实经济环境发生巨变之后,这一论题都被提出来重新探讨一番,遗憾的是,经济学家们至今仍然没有取得一致的看法。

一、政府行为的理想路径

目前对政府适当行为研究的理论可以分为三种,即亲善市场论、国家推动发展论与市场增进论。亲善市场论是新古典经济学框架下公共政策的基础,政府定位于对市场协调失灵的弥补,强调的是市场的基础地位。国家推动发展论则对市场机制解决协调失

---

① 参见本书参考文献。此后类同。
② http://www.martincemetery.com/martincemeterybylaws.htm.

灵的前景甚为悲观，强调政府干预的普遍性，认为市场应该在很大程度上为政府所干预和引导。上述两种理论将政府和市场看作替代品。青木昌彦、穆尔多克与滕原正宽（Aoki, Murdock, and Okazaki, 1998）则坚持市场增进论的观点，认为政府政策的职能在于促进或补充民间部门的协调功能，而不是将政府和市场仅仅视为相互排斥的替代物。这些理论都是基于特殊经济运行经验的基础上得到的一般性结论，对于不同的体制有着特定的价值，是一种针对不同经济制度的横截面研究。

如果纳入制度变迁的框架，三种理论则描述了政府在制度变迁中的角色变化：国家推动发展论适用于制度变迁的初期，政府首先构造出一个市场的基本框架，然后政府职能转变为呵护民间部门的协调发展；民间部门足够发达，亦即市场发育相当成熟之后，政府开始退居幕后，为市场失灵拾遗补阙。

二、财政视角下对政府行为的经济解释

政府行为的规范化是经济学家设定的一种理想的状态。隐含的假设是制度变迁具有确定性和可预见性，本质上是新制度经济学努力回归主流经济学阵营的一种反映。但是制度变迁具有迂回性，政府身份缓释的假定至少在转型经济中是不成立的。正如埃格特森（1996）在《制度经济学》中所言“制度变迁具有复杂性和结果的不可预知性，这些主要特征导致它具有最终目标的随机性”。① 制度变迁具有周期性，它会经历制度僵滞—制度创新—制度均衡—制度僵滞的过程（程虹，2000），与此相对应的是政府财政压力的周期波动。这一特征在中国近30年的改革进程中体现的特别明显。此为其一。

其二，这些理论是对政府行为进行的规范分析，也就是说政府应该怎么做。经济学本质上是一门解释的学问，现实既为经济解

---

① 1986年任英国皇家经济学会会长的马修斯在其就职演说中对新制度经济学所作的评论。

释提供了实验的机会，也决定了经济解释相对的适应性。对公共政策理论基础的探讨如果纳入了规范分析的范畴，就在一定程度上违背了经济解释的初衷，脱离了现实制度框架的探讨会变得毫无根基。

因此，对公共政策理论基础的探讨的一般思路是：在制度框架内对政府行为的经济解释。选择不同的制度框架，推演出不同的政策含义，既可以减少经济学者总是试图将各种特殊性判断提炼为普适性结论的企图引发的争论，又可以避免经济学家欲指点整个世界而无人喝彩的尴尬①。由于制度变迁是公共政策的存在缘由（Daniel W. Bromley, 1989），因此对周期性制度变迁中，特别是转型经济国家政府行为的研究，就应该立足于对引起制度变迁最重要变量的研究。穷则思变，财政决定改革的起因和路径。因此，将研究锁定在财政压力周期变动的框架内，对政府行为目标的探讨是合适的。

从财政的视角研究政府的行为，可以洞悉公共政策的理论基础，而危机诱发政策变革的假说已经成为一种新的传统（Allan Drzen, 2000; Nelson, 1990; Williamson, 1994a）。托马西和维拉斯科（Tommasi and Velasco, 1996）认为，经济危机似乎或者推动或者立即引发了经济改革，这一点是关于改革问题新常识的一部分。而在罗德瑞克（Rodrik, 1996）看来，讨论穷则思变完全是老生常谈②。这种讨论主要是验证危机是改革的充分条件还是必要条件的假说。可以说是熊彼特、希克斯等经济学家通过财政看社会的观点的延伸和发展。

熊彼特（Shumpeter, 1954）认为，从国家财政入手的研究方法，

---

① Stiglitz(1989) 曾经感叹："我在白宫时，律师和政治家主宰一切，我常常感到我到了另一个世界。"

② 罗德瑞克（Rodrik, 1996 ）曾经讲过"当认为政策不在起作用时，改革很自然地就成为了一个问题。危机只不过是政策失败的一种极端表现而已。改革是危机的必然结果，这一点就好像有火必生烟一样不足为怪"。

在用于研究社会发展的转折点时，效果尤为显著。在社会的转折时期，现存的形式相继殒灭，转变为新的形式。社会的转折总是包含着原有的财政政策的危机。财政体制与现代国家制度有着密不可分的联系，财政不仅有助于国家的诞生，还有助于其发展。这不仅是因为支持国家正常运转的官僚体系就是随着税收体制的建立而建立起来的，而且更重要的是，国家借助财政可以日益扩大其管辖权，并把其意志逐渐渗透到市场经济活动中。因此，一旦税收成为事实，就好像一柄把手，社会力量可以握住它，从而改变社会结构。

希克斯(1969)的研究可以看作是对熊彼特观点的一种注解。他认为，财政压力是市场经济在欧洲的形成，亦即民族国家兴起的最主要动因。其中的逻辑为：君主们需要大笔金钱去支付战争费用，国家努力克服财政压力，一方面不断寻求向新财富征税，这导致了现代税收制度的建立；另一方面，由于日常征税仍然满足不了非常时期的军费开支，所以借债就成为非常迫切的任务。信用是借债的关键，结果西欧国家寻求借款的努力，促进了资本市场和整个金融体系的成熟。

张宇燕和何帆(1998)将两人的研究称之为“熊彼特—希克斯命题”，并在此基础上通过扩展，提出了财政决定改革的起因和路径的论题。他们认为，先“甩包袱”再“向新增财富征税”是财政危机背景下改革的正当次序。据此对中国近30年的改革进行了富有新意的解释。本书的研究从中得到了很大的启发，可惜的是，“这一命题在严格意义上讲只是一个初步的假说和猜想，但进一步的理论论证和经验分析恐怕就只能留待以后的工作完成了”①。本书的研究并不只是对这一命题的理论论证与经验分析，因为张何两位在研究中对政府行为目标的假定并不是本书所认同的。

① 张宇燕与何帆先生没有将此研究继续下去，应该是很遗憾的事情。

或许因为财政赤字是政府行为的常态，财政学家往往对于财政压力变动下的政府行为熟视无睹。他们通常的做法是将政府的行为锁定为如何收支，而不是研究财政压力对政府行为的影响。这是只看到了硬币的一面，而没有看到另一面，这确实是很遗憾的事情。比如马斯格雷夫(Musgrave, 1969)的贡献在于对政府职能进行了划分。Wildavsky(1964)和尼斯坎南(Niskanen, 1971)讨论了政治过程中国家预算的形成及管理，但他们的侧重点都放在了对官僚行为方式的考察上。中国的财政学家所做的工作大部分也是如此。①

然而，如果将财政放在一个契约的框架内考察，便会发现公共选择学派为以财政视角考察政府行为奠定了坚实的基础。自维克塞尔、布坎南、塔洛克到罗尔斯，公共政策一直研究的是契约关系。特别是布坎南(Buchanan, 1980)指出的财政的本质是产权分配的观点，更是将公共选择与制度经济学的研究对接起来。但是，布坎南认同的合约是完全的合约。随着不完全合约的兴起，重新定义财政概念，将会丰富研究的视角。

非常幸运的是，财政危机背景下政府行为的研究并没有因为经济学家的忽略而停滞不前。比如说奥·康纳(O' Connor, 1973)从马克思主义的立场剖析财政危机对国家义理性的影响的研究就在政治学界引起了较大的反响。历史学家或是经济学家在研究历史的时候，则常常对财政问题表现出极大的关注。保罗·肯尼迪(1989)在谈到西欧民族国家的兴起时着重谈到由战争引起的财政压力迫使国王们改弦易辙，图谋改革。泰利(Tilly, 1975)对这个问题的分析更为全面和有说服力。

当然，历史学家对财政危机中政府行为的研究更多的是一种

① 曾经有一种说法：经济学是社会科学的皇冠，财政学是皇冠上的明珠。支持这种判断的理由在于财政是政府行为的关键，通过财政理解政府是最便捷和最深入的方法。可惜，用这种思维来研究政府行为的人越来越少了。

从现象到现象的描述。真正运用经济学的范式进行研究的应该是诺斯和托马斯(North and Tomas ,1973)以及奥尔森(Olson,1993)。前者的观点集中体现在“诺斯悖论”上,后者则针对财政危机中政府与利益集团博弈引致国家的兴衰向我们透视了政府的真实行为。在诺斯之后,菲利普和简(Philip T. Hoffman and Jean－Laurent Rosenthal,2003)则提出了一个战争与税收的模型。通过对欧洲不同国家建立不同产权制度的事实的考察,验证了一个国家能否建立一项合理的产权制度,取决于该国的财政政策,而战争是决定现行财政政策的一个重要因素。

诺斯和托马斯认为,政治组织(即国家)在推行制度变革时有两种目的:一是建立一套有利于自身统治的政治制度,从而保证政治组织的报酬递增,即财政收入最大化;二是建立一套有效的产权制度,从而保证社会成员的收入最大化和经济组织的报酬递增。然而,国家的上述两个目标时常是相互冲突的,也就是说,政治组织和经济组织的报酬递增要求不一致。有时政府追求自身报酬的结果是企业的大量破产和经济的严重衰退,也就是说,政治组织的报酬递增以经济组织的报酬递减为代价,这时制度变迁陷入锁定状态,而政府官僚机构成为经济不发展的重要根源。只有当政治组织和经济组织的报酬递增要求是一致的时候,才会出现制度变迁的路径依赖轨迹。

他们最大的贡献还在于指明了政治组织和经济组织报酬递增需求一致的路径。它运用的也是一种规范政府行为的思路。首先,政府必须制定合理的产权制度,保证公平竞争和市场规则的实施,从而带来社会成员和经济组织的报酬递增即收入最大化;其次,它必须把自己的报酬递增建立在经济组织和社会成员报酬递增的前提下,为此要求政府部门要把自己的行为纳入制度化的轨道。在这一基础上,社会成员的报酬递增和经济组织的收入最大化可以使得政府部门通过增加税收来实现自身的报酬递增,政治组织和经济组织之间的报酬呈相互递增局面，于是制度变迁的路径依赖轨迹和经济发展的良性循环得以形成。

在此基础上，他们又指明了政府行为不当的后果，即如果政府部门不把自己的行为纳入规范化、制度化的轨道，那么政府成员的寻租行为虽然使得他们自身的报酬增加了，但却是以国家整体和经济组织的报酬递减为代价的。如果政府不能制定合理的产权制度和其他一系列有利于经济发展的制度，那么由于没有报酬递增的刺激，制度变迁也会陷入困境。在这些情况下，就必然会出现制度变迁的锁定困境和经济不发展的恶性循环。

三、时间不一致性

"诺斯悖论"的出现，实际上指明了财政约束导致政府公共政策变化的矛盾，也就是公共政策的时间不一致性问题。由于财政的约束，政策的承诺不可能是一致的，因为巧妇难为无米之炊。这种不一致更多地是从宏观的角度进行的，如普雷斯科特和基德兰德(Kydlard and Prescott, 1977)对经济政策不一致性的解释。诺斯和托马斯则是从制度演化的角度进行论述的。

奥尔森的突出贡献是从集体行动的逻辑出发的。他认为利益集团的冲突引发了制度僵滞，收入分化的解决和引入外部力量是制度走出僵滞的有效路径。这种结论首先为公共政策的不一致性奠定了坚实的理论基础，因为利益冲突是不一致性的核心。另一方面，奥尔森通过收入的转移解决制度僵滞的研究，为后学者从财政视角研究政府行为提供了很好的提示，因为财政本是一个分配的过程，是私人权利与公众权利的互相转移。

不仅如此，诺斯与奥尔森的研究还透露出通过财政视角研究政府行为应该放在一个制度变迁的框架内，而不只是一个收收支支的行为的观点。这暗含着财政概念或者内容进行改变的一种要求。

诺斯与奥尔森对公共政策短期与长期的矛盾的研究，说明了一种制度建设是长期的观点。如果考虑到财政危机是制度变迁的前提,那么可以通过产权的变更来解决财政的压力,这是一个长期的过程。这样,短期的政策操作就会和长期的制度建设相矛盾,新制度经济学理论尚未得到经济政策方面的证实的判断自然就会产生。但是,由于与新制度经济学相关的实证研究的进展很快,新制度经济学的理论中包含着丰富的政策含义,而且有些政策含义并不完全符合主流经济学,新制度经济学有望成为重新评价一些政策的理论依据。因此,跳出主流经济学对财政约束下政府行为研究的框架,可以通过新的财政视角透视公共政策的理论基础。通过一种方法将制度学派强调的长期与主流经济学派强调的短期融合在一起便是一种尝试,但是由于缺乏标准指标和分析方法的公认框架,两者依然难以融合。同时,在经济增长的推动力的研究上更是矛盾重重。

四、政府的行为目标

对长期与短期的不同看法,直接影响到公共政策的定位。这种不同不仅仅存在于新制度经济学与主流经济学之间,整个公共政策的研究历史就是一个对政府角色定位的历史。每当经济学家对政府的行为目标进行调整时,公共政策的理论基础就发生一次改变。而这种改变从财政的角度来看,就是政府从天入地、从大公无私到理性并且在财政压力周期波动下目标动态变化的过程。

作为集体行动,政府一开始被看成为一个黑匣子,是一个定位于纠正市场成本为零的万能的仁慈机构。确切地讲,可以将政府定位于一个"天堂模型"(Dennis C. Mueller, 1989)。后来,制度学派吸收了公共选择学派的观点,将政府看作一个追求自身利益最大化的理性人,将政府从天堂请到了地下,强调政府的行为是寻求自身利益最大化。这种理念有时也被定义为义理性最大化,但这种做法最大的缺点是将政府行为与国家行为相混淆。

政府行为目标的研究通过奥尔森(Olson, 1993)的努力从整体分解开来。让政府回到现实的目的并没有让我们真正看清政府的本来面目,因为从天堂降落到人间的政府仍然是一个整体。奥尔森对公共选择进行了解剖,他认为不同集团的行动是不一样的。个人理性是集体理性的必要条件,并不是充分条件。也就是说,这是一种将政府行为目标的探讨建立在微观个体选择基础上的尝试。

将集体选择的理论进一步发展,则可以发现一种权威或者说集体行动的领导者的行为目标必须考虑。在这个意义上讲,领导者被认为是一种委托代理框架下的代理人,他本身也是有生命周期的。领导者有自己的偏好,统治者和有限理性的常人一样具有喜怒哀乐的一面(林毅夫,1996)。但人与人是不同质的,领导者的行为目标与政府的行为目标存在着很大的不同。这说明在不同的政体下,政府行为目标应该分开研究。相应地,不同财政压力对政府行为目标的影响也会不同。

在卡尼曼和特弗斯基(Kahneman and Tversky,1979,1981)发展起来的展望理论(Prospect theory)之前,对政府行为目标的研究基本上是静态的。随着行为经济学研究视角的拓展,它开始延伸到政府行为的领域。展望理论认为,人们对风险的偏好是随着收益和损失的变动而变动的。即当存在确定收益时,人们是风险厌恶型的;当存在损失时,人们是风险偏好型的。因此,政府的行为目标随着财政收入的变动而变动。也就是说,政府通常是风险最小化的(Daniel W.Bromley,1989),只有在财政压力极大时才会采取冒险的行为。面对不同风险时政府行为变动并不是对政府效用最大化的否定,更多的是肯定了政府取得效用最大化可以运用不同的手段。

如果将政府行为目标与个人主义的研究方法结合起来,便可以将政府分为不同的类型。在公共政策的研究中,将政府分为不同的类型已经成为研究的趋势。如 Backus 与 Driffill(1985) 将政府分为愚蠢的政府和顽强的政府，分析了他们在铸币税发放过程中的不同行为。如果将财政概念拓展，则会发现这也是研究政府行为的一个很好的视角。

五、转型经济研究下的财政视角

在财政压力变动的框架内考察政府行为目标的设想，在对转型经济的研究中已经取得了重大进展。阿吉翁和布兰查德(Aghion and Blanchard, 1994) 提出的模型，明确地提出了财政压力对于经济转型速度的制约。王红领、李稻葵、雷鼎鸣(2001)用7种理由论证了政府放弃国有产权的动机在于财政压力。布兰查德等(Blanchard and Andrei Shleifer, 2000)从财政的角度研究了俄罗斯和中国在由计划经济向市场经济转型过程中实行的财政分权效果的不同。朱光华与魏凤春(2003)在"就业、产业结构调整与所有制改革——一个财政压力周期变动下的基本框架"一文中对中国近30年改革路径进行了解释，这是一种将因为激励机制的不同而在财政压力周期变动中的经济体的行为进行描述的尝试。本书便是在此基础上开始的。

第三节　研究方法及可能的突破

本书从财政的视角研究政府的行为，在前述研究的基础上，希望大致在以下几方面有所突破。

一、在财政压力周期变动下的框架内讨论政府的行为，为公共政策理论基础的探讨提供了一个新的视角

作者修正了政府的行为目标，特别是强调了政府面对财政危机时的冒险行为，从而将政府行为置于财政压力周期变动的框架之内。本书的研究是从制度陷入僵滞状态，政府为自己的生存，即寻求财政危机解决之道开始的。面对不同的财政压力，政府的行为目标发生变化，在寻求短期的政策操作与长期的制度建设之间，经济不可避免地会面对经济增长与收入分配的矛盾。一种基于财政危机解决的经济增长,由于没有解决收入分配问题而陷入了一种新的周期变动。

二、构建了政府行为生命周期模型

本书另一个可能的突破在于将政府行为研究纳入了行为周期模型之内。作者以政府有限理性为出发点,坚持在制度陷入僵滞状态时,在集中决策的体制下,集体行动领导者的行为具有特殊的作用。在一个并不是永葆青春的政府行为模型中,领导者以及政府的行为偏好可以如同常人一样不拘一格。但是,在一个公共激励不同于市场激励的背景下,财政压力对政府以及领导者的偏好约束是关键的。财政压力周期变动引起政府领导人的行为偏好发生改变,政府通过自我约束、按心理账户与心理定格进行公共的收支,而每项收支都是一种产权的改变,政府总是面临着经济增长与收入分配的矛盾。本书还强调了政府行为的周期性,从而在制度变迁的框架内为政府行为建立了一个基本的模型。

三、通过对短期政策操作与长期制度建设耦合的探讨,将政府行为的研究纳入了一个综合的框架

短期的政策操作与长期的制度建设的矛盾是主流经济学与新制度经济学不能融合的重要原因。虽然在经济增长理论方面进行了一些融合的努力,但仍然收效不大。作者始终认为,虽然经济学的分工促进了专业化的研究,但是所有的研究都应该是殊途同归的。如果将政府的行为纳入制度变迁的框架,则会发现,人为地将长期与短期分开的研究方法,对于客观地描述政府的行为,弊大于利。本书在研究中将两者放在一起考虑,强调了两者统一的可能性以及不能统一是造成财政压力周期变动的原因。从前面构建的政府行为生命周期模型中,作者得出了一个基本的结论:政府一般是考虑短期的,将短期的政策操作纳入长期的制度建设基本上是政府的无意识行为。至少在政府面对巨大的财政压力时是如此。

四、将行为经济学引入政府行为的研究，作为行为财政学的尝试

本书的研究不同于以前通过财政视角对政府行为的研究，主要的尝试在于引入了行为经济学的研究成果。因为行为经济学主要研究的是一种非货币化的交易，它对研究政府行为具有特殊的适用性。本书重点考察了政府领导者的个人行为与集体行为的不同。在制度僵滞的状态下，以研究个人行为为对象的行为经济学完全可以运用到政府行为的研究上来。本书吸收了行为经济学对经济主体面对不同财政约束下的风险选择理论，将其运用到政府面对财政赤字与财政盈余时的风险偏好上；再者，通过一个不完全的合约将个人的心理账户对接到政府的心理账户上；然后研究了财政约束对行为人心理成本的影响，从而确定了政府在短期内作为执行者，而在长期内作为计划者的不同行为导致的制度冲突。

第四节　结构安排及内容简介

本书共分七部分，结构安排如下：

第一章是绪论部分。主要用来介绍写作背景、文献综述、本书与前人研究成果的对接、本书使用的研究方法、研究视角、基本框架，以及一些基本的结论。

第二章是全书的逻辑起点。主要引入行为经济学的研究成果，论证了政府面对风险与收益时不同的目标取向。目的在于指明政府的行为目标通常是风险最小化的，而面临财政危机时则是风险极大化的。穷则思变，政府基于解决财政危机的政策变化肯定是充满不确定性的，这暗示了短期操作与长期制度建设的矛盾将会一直贯穿于制度变迁的整个过程，从而导致制度周期变动，引发财政压力周期变动。作为一个必然的现象，财政出现危机时，集体选择的领导者的权威必会加强。因此，本章还将对政府行为目

标与领导者行为目标的关系进行重新界定。政府行为目标的确定,从技术角度上讲,是为下一章即政府行为生命周期模型做准备。

第三章是全书的理论核心,下面几章其实是这一理论的具体化。政府是有生命周期的,从财政的角度来考察,则可以认为财政的失败意味着政府的破产,因此,财政压力的周期变动左右着政府的生命周期。该章的主要任务是构建政府行为周期模型,重点讨论从财政危机、财政平衡再到财政危机的过程中,政府行为的周期变化。本章将会融入领导者的行为偏好,政府对公共收支的使用,以及它对于经济增长与收入分配的影响等的变量。

第四章的任务是将财政压力周期变动的政府行为纳入制度变迁的框架内,目的在于证明制度周期变动与财政压力周期变动的一致性。将经济增长与收入分化的替代界定为制度变迁的主要内容,突出了政府在制度变迁中的作用,政府走出财政危机的努力就是打破制度僵滞状态的努力。本书首先假设社会正处于制度僵滞状态,市场自我解决难以实施,通过政府的短期政策操作,财政危机开始缓解,逐步积累的政策效应累积成长期的制度建设。收入分化与经济增长的冲突与耦合贯穿其中,导致了财政压力的周期变动,表现为制度周期变迁。由于本书的主旨在于考察公共决策相对集中的体制下的政府行为,所以本章将会重点提及权威在财政危机时的角色。

第五、六章是对第四章提出的基本理论的具体阐释,本书的主要内容,分别从短期的政策操作和长期的制度建设的层面来描述政府的行为。第五章主要是从短期的政策操作开始解释政府解决财政压力的公共政策选择。这里分析了政府风险最大化决策的赌博式抉择,主要内容是从财政危机打破的程序开始的。第六章将长期的制度建设看作是短期政策操作的累积效应。财政危机背景下的政府是短视的,但这并不意味着政府的行为没有长期的效应。

政府行为具有外部性，很多的长期制度建设是政府无意识的行为，比如说政府借债对金融市场建设的推动作用。本章以市场的形成为主线，探讨财政压力周期变动下的长期制度建设。

第七章是对政府解决财政危机行为后果的分析。主要分析短期的政策操作与长期制度建设的冲突与耦合。因为财政约束与利益冲突，两者耦合的难度极大。本章还指出两者耦合的可能性条件，也就是产权的放松、市场的形成、权威角色的转换等都可能得到一条失之东隅、收之桑榆的结果。

第八章用前述的理论分析了中国 1978～2001 年财政压力周期变动下政府行为的变动，从另一个角度揭示了中国改革周期的运行机理。

第二章　政府行为目标的重新解释

经济学家对市场与政府的研究无非是想找出政府适当行为的答案,这种研究是通过对公共政策的研究进行的。公共政策是政府活动的主要内容,不明了政府行为目标,难以理解公共政策,更无法评判政府行为是否适当。进一步讲,对政府行为目标的分歧也是对公共政策以及政府角色定位争执不休的基础。结果必然是经济学家无法清楚地解释政策的运行,经济运行机制在不同的政策主张中不停试错。公共政策的出台,不仅制定者,而且社会大众都常常感到沮丧和不满。

明确政府的行为目标是研究公共政策理论基础的前提。

本章的目的是将政府这个"黑匣子"渐次打开,明确政府实质是干什么的,以及达到这些目标的行为方式。在将政府行为的研究从集体的视角转化为有目的的个人视角的过程中,并将行为经济学的研究成果引入公共经济学的研究中。本章打破了人与人同质的假定,在坚持政府效用最大化的前提下,重点分析了财政约束对政府行为目标的影响。这为分析财政压力周期波动下公共政策的变动提供了理论依据。

第一节　从天堂到地面的政府

一、政府的天堂模型

在主流经济学的研究中,政府是以弥补市场缺陷的身份出现的[①]。两者并不是一种合约的关系，政府被视作一个黑匣子，是一个定位于纠正市场成本为零的万能的仁慈的机构。它控制着赋税、津贴和多种资源，以实现一种帕累托最优的资源配置，是一种“天堂模型”(Dennis C. Mueller, 1989)。其中，理性预期学派对此的认识达到了极端，该理论认为只有公众不能预期的政策才能有效。此种论断只能让人得出要么政府是骗子，要么公众是傻子的推论。理性预期学派从当初的如日中天到现在的寂寂无声，表明了政府的天堂模型被抛弃是自然而然的结果。

二、义理性最大化的政府

将政府从天堂拉到地面的是公共选择学派，其贡献在于重新定义了政府与个人的关系，通过财政的视角将政府行为的研究纳入了制度和契约的框架。布坎南对博格森、萨缪尔森以及阿罗的社会福利函数隐含的个人偏好与社会偏好之间的排序的批评，有力地改变了公共政策研究中将个人与政府类比的观点[②]。他认为国家是一种制度，个人通过这种制度而进行彼此有利的活动。这印证了威克塞尔的将政府视为一个相当于公民之间进行的交换过程的观点。

将公共政策的研究置于契约的框架之内的观点经布坎南与塔洛克(Buchanan, 1965, 1968, Buchanan, and Tullock, 1962)的推动，在罗尔斯处得到了大力的发扬，由此引申出一个有用的思路就是财政概念的重新定义。布坎南指出财政的本质是一种产权的分配。这种观点对于本书的启示是巨大的，本书将在对财政重新定

---

① 公共选择学派提出了政府失灵(government failure)理论，但是王绍光(1999)、Shapiro and Taylor (1990)、克鲁格(1988)认为政府失灵的概念没法定义，因而政府失灵并不存在。

② 布坎南反对将政府行为和个人进行类比的做法，并不意味着对政府行为的认识不能从个人角度进行研究。布坎南本人也认为，个人之间是不同质的。他们的爱好、能力和环境条件都不相同，他们都有不同的愿望、知识以及对事物的理解。在一个相对集中决策的机制下，短期内领导者与广大民众的行为关系类似于一种“智猪博弈”。在制度陷入僵滞状态时，领导者的行为对于公共政策的影响至关重要。本书正是从这样一个角度进行的研究，随着制度的变迁，领导者的角色进行着变化，通过个人主义的视角来观察政府的行为慢慢过渡到一种集体主义的观点。

义的基础上进行完整的论述,所不同的是本书的财政概念是建立在一个不完全合约的基础之上的。

这一观点在新制度经济学那里得到了强化。制度学派吸收了公共选择学派的观点,将政府看作一个追求自身利益最大化的理性人,将政府从天堂请到了地上。强调政府的行为是寻求自身利益最大化。"诺斯悖论"的起因正在于此。但是,新制度学派将政府特别是转型政府的行为定格为加强产权的私有化,则是犯了教条主义的错误。随着实践的发展,他们开始修正这种观点,但基本观点基本没有变化。这种假设在张宇燕和何帆(1998)的文章中则假定为国家的目标函数是追求义理性的最大化,其贡献在于通过对财政预算就是国家追求义理性最大化的约束条件的假定而让政府真正回到了现实。遗憾的是,他们并没有指出政府行为目标会随着政府财政压力的周期变动而变动。义理性最大化的观点与林毅夫(1996)的假定是相一致的,不同的是,林毅夫认同了统治者和有限理性的常人一样具有同样喜怒哀乐的一面,而张宇燕等仍然将政府的面目包裹在面纱里面。

我们看到了政府的面纱一层层揭开,但是让政府回到现实的目的并没有让我们真正看清政府的本来面目,因为从天堂降落到人间的政府仍然是一个整体[①]。在下面的论述中,我们将会说明把政府与集体行动领导的行为目标混为一谈是造成对政府行为目标认识不清的重要原因。

三、短期政策操作与长期制度建设的不一致性

承认了政府是理性人仅仅是理解政府行为的第一步,接下来则是政府如何追求效用最大化的问题了。在经济学的发展史上,政府的目标先是被界定为通过短期的政策操作来获得极大效用,

---

① 政府行为是一个集体选择的问题,但是奥尔森(Olson,1980)在《集体选择的逻辑》中对集体选择进行了解剖,他认为不同集团的行动是不一致的。小集团相对于大集团来讲,集体行动更富有一致性。而且个人理性是集体理性的必要条件,并不是充分条件。因此,将政府视为一个整体是不合适的。

现在经典的宏观经济学依然坚持这种观点①。随着新制度学派的兴起,政府的行为目标被界定为长期内推动制度建设。诺斯的观点代表了新制度学派坚持制度建设是长期的观点。这又是与产权至上,特别是私有产权至上的观点相一致的。他们将政府的目标定义为推动产权的私有化,并且对此进行保护,从而获得收益。虽然诺斯后来对自己的观点进行了修正,但其基本的思路并没有变化。

产权的确立以及将政府行为纳入制度化的轨道是一个博弈的过程,该过程是长期的。在本书的第六章中将会论述到产权的改革多是在财政危机之时进行,它首先是一个短期政策操作,后来才演化为长期的制度建设。因为上述博弈在短时期内难以做到,所以短期的政策操作与长期的制度建设产生了矛盾。正因为这样,才有人认为新制度经济学理论尚未得到经济政策方面的证实。但是史蒂芬·瓦尔特与海勒·英格勒(Stefan. Voigt and Hella. Engerer, 2002)认为,由于与新制度经济学相关的实证研究的快速进展,研究者不仅能从新制度经济学的理论中推演出政策含义,而且有些政策含义并不完全符合于主流经济学,新制度经济学有望成为重新评价一些政策的理论依据。这里一个有用的启示在于可以通过一种方法将新制度学派强调的长期与主流经济学派强调的短期融合在一起。在财政危机时刻,政府出台的政策是解决燃眉之急的,如果只是考虑长期,则“我们都死了”。两者的分歧最主要集中在经济增长理论上,虽然自从20世纪90年代后半期以来,经济增长理论家开始将制度对经济增长的影响纳入到经济增长的框架中,但是这种新思路依然由于缺乏标准指标和分析方法的公认框

① 芬尼·基德兰德和爱德华·普雷斯科特(Kydlard and Prescott, 1977)否定把经济分为长期与短期的说法,他们认为,在长期和短期中决定经济的因素是相同的,既有总供给又有总需求。因此,人为地把经济分为长期与短期是无意义的。但是,仍然有大量的经济学家认为政策就是用于短期的,短期的政策操作与长期的经济周期研究应该分开进行。如樊纲(1997)认为宏观政策是用来熨平经济波动的短期操作,宏观经济学是一种“短期的”理论,它所研究的只是一些总量关系的调整。《宏观经济学与开放的中国(序)》,《全球视角的宏观经济学》, 杰弗里·萨克斯、费里普· 拉雷恩 著,上海三联书店、上海人民出版社 1999年版,序言第6~20页。

架而使两者难以融合。

这样的矛盾之所以产生,最重要的原因在于两大学派都没有明确政府的行为目标,也就是说没有对集体行动的逻辑进行合乎现实的考察。这些合乎现实的考察包括政府面对财政约束、风险与收益、政府领导者的时间偏好以及不同政体中政府行为的变化等等。明确这些任务将放在下面几节。

第二节　个人效用最大化的政府

政府被打包后从天堂回到人间,只有打开这个包裹,才能看清政府真正的面目。上述政府理性的假定,是将政府与集体行动领导者的行为目标混为一谈了。一般来讲,经济学家并不愿意对集体行动领导者的行为进行研究,在转型国家更是如此。一个重要的原因就是,在普遍地将分散决策看作政府运行的基本原则的背景下,强调集中决策难免有点突兀。另一个重要的或许是最根本的原因还在于,“从考虑个人的效用最大化行为来发展对官僚主义和国家的理解”是否合适。虽然菲吕博腾与配杰威齐(1996)对此表达了特别的兴趣,但是将领导者的行为视同政府的行为依然缺乏充足的说服力。

本书在财政压力周期变动中研究政府的行为,对集体行动中领导者的行为给予了重点的关注,有点“英雄创造历史”的意味。这与奥尔森对革命中领导者与群众关系的描述是一致的①。在第四章,我们将论述当社会陷入制度僵滞状态时集体行动领导者的决定性作用。其中,将政府与领导者行为等同是在一个特殊的背景下进行的。在以后的分析中,我们将会逐步放松这种约束,将政

① 奥尔森(1980)借列宁的《怎么办?》中对革命要依靠忠诚、守纪和富有牺牲精神的少数人,而不能靠大多数人的共同利益的论述,认为革命是少数精英分子在社会不稳定时期利用政府无能促成的。这种观点传递了几点信息:第一,领导者与一般民众是不一致的;第二,政府是有生命周期的。

府与领导者分开,以进行普适性的规律总结。

一、经济人同质性假定的讨论

林毅夫与张宇燕的研究都坚持了一个经济学上最通行的看法,即经济人同质性的假定。个人之间同质,他们的爱好、能力和环境条件都相同,他们都有相同的愿望、知识及对事物的理解,这种假定是边际分析的基础。如果说在一个竞争性非常强的劳动力市场上,将劳动者认同为同质性还情有可原的话,那么将集体行动的领导者视同一般的个体,则难以还政府真正的面目。虽然社会达尔文主义遭到社会学家的批评,但是人与人是不一样的则是一个基本的事实。微观经济学将企业家的才能作为一个与土地、资本、劳动力相并列的要素。企业家是具有特异性的,他与企业的目标并不完全是一致的。如果认同政府与企业在某种程度上相类似的话,① 那么就应该认同政治家或者说是治国者是一个与社会大众不同的个体。他的行为目标与政府的行为目标应该是不完全一致的。一个具有说服力的观点是,由于政府部门与私人部门不同的激励机制,个人身份的转变会因此带来其偏好的改变。这种改变往往是政府或领导者面对不同风险时的一种必然的选择。

二、分散决策与集中决策的政府

现代经济学对领导人偏好的研究之所以忽略,很大程度上是因为他们研究的是一种民主的政体,因为强调一种建构理性可能会导致哈耶克所讲的"极权主义"的存在。而在决策相对集中的国家,学者们对政治基本上是出于一种回避的态度。回避的结果是他们放弃了无论是在私人的还是集体的行动中,有目的的个人才

---

① 科斯(Coase,1960)认为,实际上政府是一个超级企业,但不是一种非常特殊的企业,因为它能通过行政决定影响生产要素的使用。当然,科斯是就组织中的行为而言,企业和政府的组织结构和资源配置都是由权威来完成的。但是,在对风险的承担上,政府和企业是不一样的,企业只需要凭借自己的资产承担市场的风险,而政府则需要承担公共的风险,政府是社会风险的最后承担者。特别是在财务危机时,政府和企业的不同更加明显。

是基本决策者的经济学研究的基本假定。

判断分散决策与集中决策是否是一种较好的制度安排，现代经济学通常用是否节省了内生的交易费用来衡量。虽然杨小凯(2004)、张五常(1999)① 对国家机会主义(state opportunism)因为各类寻租行为造成的内生交易费用有时会得出一些民主和市场失败的结论表示怀疑。同时，钱颖一(2001)用承诺对策的概念论证了国家机会主义行为造成的对公平游戏规则的承诺不可信是经济发展的主要障碍，并且认为民主宪政是使中央政府对社会公众负责和对公平游戏规则的承诺成为可信的条件。

但是，我们仍然看到这种分析，除了一种意识形态的偏执外，对现实特别是对中国历史和现实的忽视减弱了其说服力。本质上还是一种规范的追求长期的角色设定，这不是政府的行为方式。

即使按照新制度经济学的公理，从私有产权是民主的基础出发，也会得出集中决策存在的必要性。从公有产权的集中到私有产权的分散，是一个租金耗散的过程，也是一个渐进的过程。与之相适应，集中决策向分散决策也是一个渐进的过程。我们在下面几章的分析中也可以看出，这种产权转移的开始、转移过程中的体制复归等都是一个政府财政压力的出现和摆脱的过程。其中，集体决策起着难以替代的作用。集体决策者在财政危机之后是否进行权力的自然交接，则是另一个问题。不分具体情况，一概批评集权制度不合理的做法，是用所谓的经济学逻辑来为丰富的现实画地为牢。

阿罗不可能定理已经证明了不可能存在真正的民主制度。因此，研究集权制度更具有现实性。政治民主与经济发展之间的关

---

① 张五常(1999)认为，一个集权国家，不管是收入分配还是资源配置都不是由受约束的使用公共财产的竞争所决定的。这意味着巨大的租金耗费，且尽管忍受着短缺之苦。政府作为一个“超级企业”，无效率是不用怀疑的，强权也是毋庸置疑的。但是他也承认，缺少私人产权的情况下，这种制度安排是一种试图降低租金耗费的结果。

系相当复杂,民主并不必然是繁荣的同义词。在特定的条件下,如出于长治久安的目的,相对开明的专制政府反而有助于创造出经济高速增长的奇迹。同时,在民主的体制下,立法的数量却会急剧地膨胀,而且还增加了选民与立法者,以及立法者与官僚之间的代理成本(余永定、张宇燕、郑炳文,1999)。

存在的就是合理的,交易费用学说验证了集权对于特殊时期经济发展的必要性。约翰·V.奈(2004)在分析了强制世界中的产权、交易与契约安排的变化后,得出了强制或权力的存在并不足以影响竞争性产出的“效率”和“剩余”或“剩余最大化本质”的结论。这是从另一个角度进行的验证。

如果同意了上述的观点,就可能认为政府不是青春永葆的。政府是有生命周期的,政府的生命周期在不同的政治体中是不一样的,即使是一个相对集权的国家,它往往也不过是十几年的时间。财政的失败意味着政府的失败,财政压力周期波动左右着政府的生命周期,左右着政府的行为目标。

三、达尔文主义在经济学上的应用

将达尔文主义用于经济学的研究,暗合了新古典经济学不考虑公平只考虑效率的假设。这种假设虽然受到了强烈的批评,但政府只有在不公平对社会的稳定,对其自身的利益影响巨大的时候,才会考虑公平的问题则是一般的规律。而在财政危机的时候,政府面对的并不是公平而是如何在短时期内提高效率,也就是通常所讲的效率优先,兼顾公平也只是财政危机暂时缓解之后的行为。此时,政府表现为一种典型的短视行为,是其可以选择的最优化行为。

集体行动领导者的出现,实行的是霸道,而非王道。而霸道则是一种典型的社会达尔文主义。在第四章中则可以看出,正是这种霸道的存在,财政危机时刻,政府领导人才会在与竞争者的斗争中获得绝对的控制权,集中决策、节省交易费用的优点才能保证社会福利的最大化。而一个开明的道德情操指数高的领导者,也会在社会财富逐步分散化的过程中渐渐退出,集权的决策开始让位于分散的决策。这是与财政压力周期变动相一致的。随着财政又陷入新的一轮危机,社会达尔文主义又可以重新得以运用。如此循环往复,经济社会制度演化不已。①

达尔文主义在本书中的应用是通过权威制度的形成与确立以及退出来进行的。

四、义理性最大化与个人效用最大化的矛盾

现在便面临着一个判断的难题,政府的行为目标到底是义理性最大化还是个人效用最大化? 一个可行的解释是,长治久安是国家的行为目标。这是因为,在任何一个社会中,国家的最大权威是操在一个政治家手中,他或多或少不受公民偏好和压力的影响,把国家的决策过程看作是通过国家政治者的行为来完成的过程(林毅夫,1996)。这里显示的是一种集体行动中的精英行为,是一种长期的目标。

但是,政府是不同于国家的。政府是由官员构成的一个组织,它与政治家之间存在着一种委托代理关系。一般来讲,政治家收益最大化的目标并不能保证实现,官员内部控制的结果是公共决策偏离了这一社会福利最大化的目标区。本书强调集体行动的领导者个人效用的最大化,是出于在一个决策集中的体制下,领导者迫于财政压力而追求的短期目标更符合常理的考虑,也更容易进

---

① 对达尔文主义在经济学中的应用,存在着很大的分歧。斯宾塞(Spencer)简单地将社会演进和生物进化类比,得出社会演变乃至国家发展都符合“适者生存”的原则,第二次世界大战后被抛弃。凡勃伦(T. Veblen)将达尔文思想引入经济学的研究,建立了一个基于累积因果的经济制度演进范式。康芒斯(J. Commons)认为达尔文主义并不适用于社会经济演化。而新制度经济学的方法论和立足点与老制度经济学的不同使得社会达尔文主义几乎找不到赞同的声音。但是,在一个由社会群体共同构成的经济机体里,群体的演进规律如果不说比义理性更重要,至少也是一个不容忽视的方面。对经济学中达尔文主义的关注和深入发掘不仅可能成为制度经济学重新定位自己发展方向从而实现复兴的一个契机,而且可能预示着取代新古典主义经济学在经济理论界主导地位的新的理论体系的诞生。本书提到制度变迁的过程中,领导者的出现,既有凡勃伦的演化观点,也有斯宾塞的适者生存的理念。

行经济学的分析。

政府效用最大化的行为目标使得我们依然可以在一个常规的框架内进行分析。本书感兴趣的是政府通过怎样的方式达到这个目标。

第三节 行为目标变动的政府

在财政危机状态,集体行动中的领导者可以等同于政府,那么对政府行为目标的讨论在很大程度上便可以通过对领导者行为的研究来进行。政府义理性最大化的假说得到了预期效用理论的证明,长期以来被看作是政府的行为目标。在这一理论指导下,政府的行为被默认为是出于长期的考虑。事实果真如此的话,短期的政策操作和长期的制度建设的矛盾就不可能发生了,主流经济学与制度经济学的矛盾就消解了。上述对短期和长期冲突的分析,已经反证了该假说的不足。这种不足最突出的一点是将政府的目标静态化,或者说是没有考虑到政府效用最大化的取得方式因为财政压力的变化而变化。

真正对这一传统理论提出挑战的是行为经济学的期望理论(Prospect Theory),它认为政府的行为目标随着财政约束的变动而变动,特别是财政约束对政府风险态度的影响。

一般认为,市场的风险由微观主体自我承担。只要产权明晰了,政府不必为市场自身的风险负责,只有市场不能承担的风险才由政府承担,这也是政府与市场二分法的理论依据。虽然二分法受到了来自新制度经济学者的批评①,但是将政府定义为一个公

---

① 张五常(1992)认为,在传统的分析中,组织或制度学或各种经济体制的运行,从来没有被放到适当的位置上。“经济组织与交易成本”,载约翰·伊特韦尔等编《新帕尔格雷夫经济学大辞典》,经济科学出版社 1992 年版,第 368 页。

共风险的最后承担者则是一个不争的事实。政府财政是政府用来应对公共风险的工具。

政府的财政状况是随时变化的,也就是说政府面对的公共风险是不确定的,那么政府对风险的态度是什么呢?换句话说,政府是风险最小化,还是风险极大化,或者说是风险中性呢?

对于公共决策者的行为,很少置于不确定性背景下进行研究,一个重要的原因在于经济学上对风险的研究基本上针对的是个体的行为,而对集体行动中的风险较少涉及。可能是出于社会最后的风险需要政府承担的考虑,认为没有必要研究政府面对风险时的行为。这实际上还是回到了第一节中提到的政府行为目标研究的不足之处,即政府是一个天堂人的假设。

本书所要研究的是财政压力周期变动下的政府行为,而且在第二节中已经论证了此种背景下政府的行为可以等同为集体行动领导者的行为。因此,可以将个人面对风险的选择行为运用在本书的研究中。政府在风险中的行为受到财政的约束,行为经济学提供了最新的研究视角①。

---

① 行为经济学的研究成果是否能够运用到对政府行为的研究,国内进行尝试的并不多。金融学以此为基础并借助计量检验迅速发展了行为金融理论,公共经济学对此没有借用,不能不说是一种遗憾。行为经济学的不足之处受到传统经济学的批评,是一个重要原因。以行为经济学最主要的展望理论为例,经济学家对其不足之处最主要的评价是:卡尼曼和特弗斯基(Daniel Kahneman and Amos Tversky)的结论是通过实验得出的,行为者的选择是在一种没有实际的货币交易的条件下做出的。即使劳瑞和霍特(Susan K. Laury and Charles . Holt)用真实的美元进行了实验,并对展望理论进行了扩展,经济学家仍然难以相信人们面对真实世界的成本和收益会做出如该理论所指明的选择。行为经济学与实验经济学是连在一起的,它运用的是非货币化交易的研究方法,与政治过程非常相似。从这个意义上讲,行为经济学实际上研究的是政府行为的经济学。我认为,恰恰是试验经济学的特点决定了该理论对政府行为研究的适用性。本人认为,如果这种批评对于一种市场的交易还是适中的话,那么,对于一种非市场化的交易即政治选择则是不合适的。因为政治选择本身就是一种不能用货币进行计量的行为,它本身是一种游戏。2002 年卡尼曼和特弗斯基获得诺贝尔经济学奖,即是经济学界对展望理论的肯定。这一处理解决了其适用问题,但仍然有几个问题需要考虑。关键的一点是缺乏针对政府行为,特别是对政府领导人行为选择的实验。南开大学“三农”问题课题组 2003 年寒假曾试图对一些乡镇主要领导的行为进行研究,政府的不配合使得发出的问卷回收率不到 1/10,这实际上表示了一种显示偏好。调查目的的不确定性对于被调查对象来说是一种外生变量,不合作是一种风险最小化的行为。这其实就是行为经济学在政府行为研究中的应用的一个实例。在本书以下的研究中,这种适用性还将会贯穿其中,并从不同的视角进行验证。

一、政府行为目标随风险的变化而变化

卡尼曼和特弗斯基(Kahneman and Tversky, 1979、1981)发展起来的展望理论(Prospect theory),阐明了在不确定问题中行为者制度安排的目标问题。该理论认为,人们对风险的偏好是随着收益和损失的变动而变动的,即当收益确定时,人们是风险厌恶型的;当存在损失时,人们是风险偏好的。因此,布罗姆利(Bromley, 1989),认为"公共决策者看来是经常采取使损失最小化的行动,而不是收益最大化的行动。那些处在做出集体决策位置上的人很可能为了损失而愿意冒险,但在收益范畴内却避免冒险。他们宁可选择确定的收益,而不是有一定可能性的更多的收益"。决策者在一定收益面前选择规避风险,采取的是一种权利的态度。而当其面对一定损失时,他采取的是一种自己无权利而另一方有特权的观念。

我们可以将这一现象用一个简单的图形(图 2-1)表示:

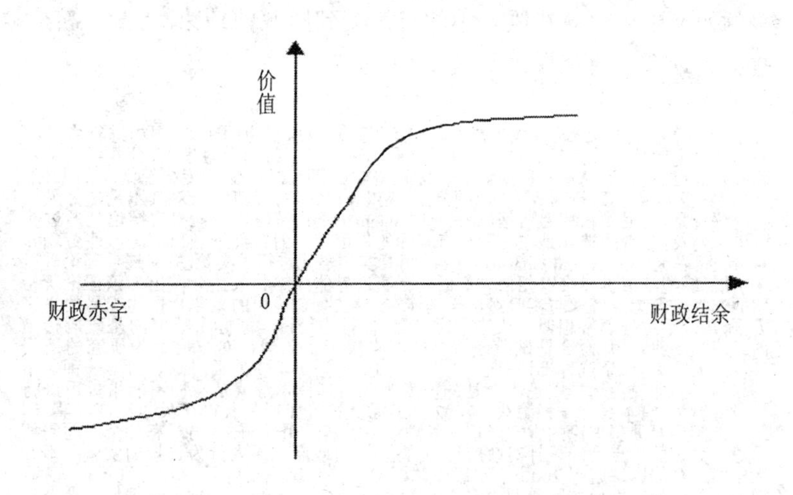

图 2-1　政府的价值函数

政府的价值函数以参照点0为界表现为两种形态。当政府面对确定的财政收益(结余增加)时,价值函数通常是凹函数,形状比较缓,政府是风险厌恶型的;当政府面对一定的损失(财政赤字)时,价值函数是凸函数,形状相对陡,政府此时是风险追逐型的。

政府的价值函数表明,政府行为是以财政状况的好坏为出发点的。从财政的角度考察,便会发现政府的行为是一个合约框架下博弈的过程,总是引起权利的变动。当一个政府财政压力较小时,政府对合约的遵从是谨慎的。公共政策要么不出台,要么出台必须保证确有收益,而且良好的财政运行状况也使得其有能力确保政策的成功。政府在合约的缔结过程中更多地考虑市场主体的意愿,遵守市场的规则。因为,足够的财政资金可以保证政府考虑的是一个长期的收益增加。而当政府面对巨大的财政压力时,其偏好的是一种赌博的行为,目的在于试图通过较少的损失赢得巨大的潜在收益是一种追求高风险与高收益的行为,这种状态下政府首要的目标就是获得当期的财政收入。财政的窘境限制了政府保证合约成功的能力,一个稳定预期的合约是经济增长的必要保证。政府因为财政危机而破坏合约的行为使得诺斯悖论成为常态,政治租金最大化与政府财政收入最大化两大目标耦合的几率很小。

因此,财政压力的周期波动,使得只有从动态化的视角考察,才会对政府的行为目标透彻地理解。这里并没有违背政府行为目标为效用最大化的假定,只是认为取得效用的手段会随着财力的变化而变化。这其实已经将公共政策置于一个演化的框架之内了,由此可以发现政策的实施实惟政府财政压力是瞻。

二、政府行为目标动态化的说明

行为经济学本身的不完整,使得经济学家对其提出的人们在不确定性下的行为表现出极大的怀疑,即使其获得了诺贝尔经济学奖也不能获得普遍的认同,将其运用在集体选择的行为目标上更是一种尝试。政府行为目标的界定是本书的基点,因此,必须加以说明。

行为经济学与实验经济学是联系在一起的,它运用的是非货币化交易的研究方法,与政治过程的运行态势非常相似。这种特点决定了难以通过常规的严格的数理推导进行验证,较为可行的证明方法是通过一种显示性偏好来进行逆向推理。

(一)政府风险最小化的说明

其一,通常认为,政府与市场是有着明确的边界的,两者的分工应该非常明显:政府是用来防范公共风险的,是市场风险的最后承担者。这一特点决定了政府是风险厌恶型的。

其二,公共部门的激励与约束机制决定了政府是风险最小化的。对政府行为的研究,现在通行的做法是在一个委托代理的框架内进行的。由于当事人之间的目标函数不一致和信息的分散化,民众作为委托人,对政府这个代理人的激励与约束是不对称的。公有产权性质,使得政府官员的激励与约束主要依赖非货币的手段。一般来讲,约束大于激励,这直接影响到政府官员不同于市场主体的行为规范的形成。"不求有功,但求无过"往往是不少政府官员的行为指南,至少在中国是这样。

其三,导致政府行为动态变化的主要原因还在于民众的反应程度。任何政策的变化都会引起民众福利的变化。在政府财力宽裕的时候,政府没有必要去做引起民众反感的事情。并且,财政收入的递增具有明显的边际收益递减的规律,因而政府是谨慎的,或者说是风险最小化的。

(二)政府风险最大化的说明

我们说风险最小化是政府行为的常态,但这仅仅是针对其财力充裕的状态而言的,正如我们大多数人都认为中央银行是小心的、保守的、安全的一样。有时候,中央银行就像危险的司机,为了避开通货膨胀的车流,全心全意在道路的另一端远远地行驶,使得通货膨胀率过低而失业率过高，宏观经济运行有其兽性的一面。

当财政危机时，政府为什么会采取风险最大化的策略呢？一个可能的解释是财政的约束导致心理成本的加大，政府非理性的成分加大，是其机会主义"道德风险"提升的必然结果。前面我们假定财政状况是政府存在的理由，财政的压力增大了政府破产的可能性。政府的惟一目标就是通过政策操作短时期内增加财政收入，以维持其生命的存在。可以预料，一旦短期的操作失败了，政府的生命就将结束。因此，政府考虑的是一次博弈，其决策行为是毕其功于一役的。赌博式的公共政策暗含着巨大的风险。

因此，政府总是避免财政危机，我们还会证明这又是不可能的，所以政府的行为目标总是周期波动的。

第三章　基于财政约束的政府行为生命周期模型

在第二章中，我们修正了政府的行为目标，认为政府并不是义理性最大化的，不同的财政状况使得政府采取风险极小化或者是风险最大化的选择。我们这里并没有放弃政府是追求效用最大化的这一假定，因为政府既然是理性人，就不可能放弃这一理性的动机。不同风险下的选择只是获得效用或者说是净效用最大化的手段而已。本章的目的是建立一个财政约束下的政府生命周期模型，对这种选择进行动态地描述。

在建立模型之前，需要进行一些说明：政府是有生命周期的，财政约束对政府具体行为的影响等。其中，在不完全合约基础上对财政的重新解释则是理解政府行为周期变化的前提。

第一节　政府是有生命周期的

一、青春永葆的政府

在公共政策的研究中，通常假定政府是青春永葆的。如果这个假定成立的话，那么公共政策实践中出现的时间不一致性、政府的言而无信、道德风险以及短期政策操作与长期制度建设的冲突等经常遭受经济学家批评的事情就不会出现。事实是政策总是不尽如人意，除了前面我们提到的对政府行为目标的忽略以外，不考虑政府的生命周期也是一个重要的原因。

考虑政府的生命周期，其实是考虑了经济学上讲的一个最古老的时间问题。不考虑时间的约束，那么公共政策的研究就是静态的。在此背景下，政府领导者就会在政治的整个存续期间做出政策选择，而不必考虑该时期是有限的还是无穷的。预期在无限期内使其效用最大化，政府就可以完全有计划地推行政策，从而进行周而复始的试错行为。事实证明，尽管政府的领导者都喜欢永久执政，单是执政者的生物特征就使得这一想法不可能实行。执政的结果是通过垄断一种权力来获得超额的利益，这种超额的利益总是成为潜在竞争者相机而动的理由。放在一个相对较长的时期和更大的空间里，可以发现，政府被竞争者替代的现象比比皆是。

新的竞争者的出现，必然会为了自身的利益进行政策的调整，因此，建立在政治周期基础上的宏观经济模型逐步成为主流经济学与新制度经济学之间重要的交合点。巴罗(Barro, 1973)建立的完全信息的、任期有限的模型，弗雷约翰(Ferejohn, 1986)对巴罗模型的改进以及克雷默(Kramer, 1971)关于经济因素对美国国会选举的决定作用的研究，诺德豪斯(Nordhaus, 1975)提出的政治经济周期的理论模型以及塔夫特(Tufte, 2004)的研究，都证明了对公共政策的研究必须建立在一个动态的平台之上。因而，理想的青春永葆的政府行为的假定应该在公共政策的研究中放弃，而代之以政府是有生命周期的假定。

二、财政失败与政府失败

前面所述的经济学家对政策制定者的更替，或者说是政治生命周期的研究，基本上是按照选民—执政者之间的博弈来进行的。其间，考虑了信息的完全与不完全、选民具有相同的偏好和不同的偏好、执政者对选举进行控制与否等进行的。在笔者看来，这些研究存在着一个普遍的缺陷，即没有考虑影响选民与执政者博弈背后的根本利益以及这种根本利益之间的转化。这一转化的过程就是财政的过程。本书将在对财政进行重新定义的基础上，按照一个契约的观点仔细地描述政府生命周期变动的根源，为第三节政府生命周期模型的建立打好基础。

（一）财政内涵的重新解释——基于不完全合约的一种理论

1．研究政府行为的财政视角。经济学是社会科学的皇冠，而财政学是皇冠上的明珠。虽然自20世纪50年代以来，因为政府在实施对资源的生产和分配上的职能时会多少明确地考虑信息约束的原因，所以公共财政学演化为公共经济学，并成为主流经济学的一部分(Ruggeronem L.1996)。财政学开始变为应用经济学，财政的研究在国内日渐式微。对财政的研究只是限于政府收支等比较狭窄的范围，而且这些研究缺乏理论基础。

但是，正如拉丰所言，公共经济学是研究经济领域政府进行公共干预问题的学科，政府干预的核心是其成本与收益问题，财政问题是其核心的约束条件。如果认同基恩·波丁(Jean Bodin)"财政手段是政府的神经"[①]和伊斯曼德·伯克(Esmund. Burke)"政府的税收就等于政府本身。实际上政府的一切都依赖于它……"[②]的观点，那么政府干预的核心还是一个财政问题，因此财政完全可以成为一个观察与研究政府行为的极好的视角。任何经济现象都是横看成岭侧成峰、远近高低各不同的。选择一个独特的视角进行经济现象的透视固然显得有些偏狭，但随着经济学研究的专业化趋势的形成，这种单一视角的运用非常必要，而且所有的视角最后都应该是殊途同归的。正如弗里德曼用货币、科斯用交易费用以及张五常宣称的只用两个工具来研究经济的方法论是一致的。

用财政的视角来观察政府行为可以透视其脉络，对于解开政府行为的"黑盒子"是便捷的路径。但是，旧有的财政概念已经难

① 引自 Kugler, Jacek and William Domke. 1986. Comparing the Strength of Nations. *Comparative Political Studies*.

② 引自 Levi, Michael, 1988. *The role of the jury in complex cases* in Findlay, Mark and Duff, Peter The Jury Under Attack Butterworths, Sydney, 122.

以完成这一使命。

2. 财政概念的回顾。自亚当·斯密以来，对财政概念的解释经历了以下几个方面的进程：

从1776年《国富论》的发表到1929年世界经济危机约150年间流行的是古典学派的财政学，经济学家认为财政是货币事务及其管理。从1929年到1970年，凯恩斯主义及其后各代流派的财政学，其虽然前进了一步，但仍没有摆脱传统学派的观点。现代经济与财政学者仍要遵循凯恩斯主义的观点，他们认为，财政是公共部门经济、财政学是公共部门经济的科学，尤其着重于财政政策对总体经济的影响，他们的研究对财政概念的扩展影响巨大。财政的内容，原来只包括税收、支出、公债、预算等财政范畴的论述，现在则除此以外还系统地论述国家干预经济的作用，尤其是财政政策的实施对总体经济活动(如失业、通货膨胀、经济增长等)水平的影响。在20世纪50年代，财政学开始向公共经济学转变，20世纪70年代后，在主流的经济学家眼中，财政学被公共经济学取代，阿罗—德布鲁模型成为研究公共经济学的框架。哈维·罗森(2003)认为，财政学也称为公共部门经济学或公共经济学，以政府收支活动及其对资源配置和收入分配的影响作为研究对象。

财政学的概念发展是与经济学家对政府或者说是国家概念的看法一脉相承的。如布坎南认为，政府不是那种独立于公民而行动的有机的或整体的事物，而是一个通过它和公民集体地做出决策的工具。在我们研究民主国家的公共财政时，通过前述政治结构表达的国家概念或模型看起来是最为恰当的分析框架。萨缪尔森认为，在公共选择过程中，政府执行的主要经济职能包括：确立法律机制、决定宏观经济稳定政策、影响资源配置以提高经济效率。这种基于国家观的财政概念以布坎南与马斯格雷夫的交锋最为著名。①

国内对财政概念的研究，也曾经发生过激烈的交锋。主要有“国家分配论”、“价值分配论”、“国家资金运动论”、“再生产前提论”、“剩余产品论”、“社会共同需要论”等具有代表性的理论观点，在计划经济松动、市场经济萌芽之初颇为盛行。随着社会主义市场经济理论的提出，市场经济开始实践，对财政概念的讨论反而没有了声音，这不能不说是一件遗憾的事情。一种可能的解释是认为把市场经济国家的学术理念拿来就是了，自己没有必要“干中学”。这种学术态度，直接违背了学术的基本原则。这样一来，就会造成一种学术上很窘迫的现象。原来的财政概念难以适应转型经济的实践，用旧的财政视角观察经济现象感到迷茫，用拿来的财政概念套中国的现实，又会感觉到水土不服。这直接造成了中国财政学研究的落后现象。因此，财政的概念需要改变。

3. 财政的概念——不完全合约的解释。虽然奥尔森(Olson, 1993)认为政府是流寇变为坐寇的过程，契约论并不是政府成立的理由。列宁也认为国家是一个阶级压迫另一个阶级的工具，政府只是其中的代理机构而已。但是，随着专制的政府向民主政府的过渡，将政府理解成为一个由不同利益集团委托的代理者更符合大众的观点。这显然是一种契约的观点。作为政府的一个分配工具，财政建立在契约的基础上显然更容易理解。

现代财政理论的发展应该归功于布坎南，虽然马斯格雷夫也是一个财政大家，但是他对于后人的启发，明显的不能和布坎南相提并论。布坎南的最大贡献是开创了以合约的观点来研究财政理论的方法，他指出传统财政理论的不足在于忽视个体公民的选择

---

① 布坎南与马斯格雷夫的辩论可以参看他们1998年在德国慕尼黑大学经济研究中心的演讲。Http://www.ces.vwl.uni－mumenchen,de. 或者《公共财政与公共选择：两种截然不同的国家观》，詹姆斯·M.布坎南、理查德·A.马斯格雷夫著，娄承曜译，中国财政经济出版社2000年版。

对财政决策的影响。

布坎南(Buchanan,1977)认为,如果假定政治制度是切实民主的,那么就必须假定个人以各种方式参与做出财政选择。当然,他们可能是相当间接地、有时几乎是没有意识地参与做出财政选择,但他们的行为却是进行科学探讨的适当题目。在这方面可怕的是我们的知识显而易见的不足。我们需要更多地了解个人在集体决策过程中的行为,我们也需要更多地了解把个人的偏好传递并转化为集体结果的制度的运行情况。在此过程中,他继承了维克塞尔的观点,并将研究方法规范化。有人批评其沉溺于契约或宪法的合理性判断之中,但是以一种合约的观点进行财政研究的概念开始形成。

财政可以认为是一种权利的交换。以税收为例,因为公共产品的提供存在着搭便车的现象,集体选择的结果是一部分人组成政府而向另一部分人征税,并将其用于公共的支出。于是契约国家开始出现,相应地,财政也就成为一种个人权利向公共权利转化,接着又转化为个人权利的过程。此处的政府就是一个简单的代理者,因为个人权利向公共权利的转化是需要法律界定的。政府的责任就是在法律界定的范围内进行收支。

从现在经济学的发展来看,上述用完全合约的观点来研究财政的做法,对于我们理解真实的政府行为并不能提供充分的理论依据。比如,政府的债务膨胀成为一种常态,政府也总是通过铸币税的形式来自由地获得收入。而这些并没有通过法律认可,政府基本上是便宜行事。如果说政府通过法律界定了私人权利与公共权利相互转移的规模、形式以及频率的话,那么它应该是一种可信的承诺。如果以完全契约的角度来考虑,政府的任何收支都不应该超出此范围,可是政府不可信承诺的行为或者说其机会主义行为是个常态。因此,用完全的契约来解释财政需要作进一步地改进。

随着合约理论的发展,财政的含义以及用财政的观点来进行经济解释的空间更大。布坎南所用的是在新古典体系内完全的合约。这些契约的获得需要非常严格的条件,比如,契约当事人必须具有完全的理性;当事人没有机会主义行为的倾向;契约条件的影响和作用不存在外部性;契约当事人均拥有对其选择的对象和结果的完全信息及存在足够多的交易者,可以自由交易等。而现实中,这些条件基本难以满足。

哈特、格罗斯曼与莫内(Hart, Grossman, Moore 1986, 1987, 1988, 1990)等人近十年来提出并发展起来了"不完全合约"(Incomplete Contracts)理论。他们认为,由于有限理性、信息不对称、语言以及合作偏好的约束,契约是不可能完全的,因而财产制度便成为决定剩余权利配置的依据。陈国富(2002)在研究中更是指出在契约不完全时,财产制度、法律制度、社会习俗及惯例等都是契约的治理要素,在一定条件下都可以成为契约条款的替代要素。真正重要的也许不是能否获得一个完全的契约,而是是否有足够的制度资源可以用于填补契约的缺口。这里的一个有用的提示就是契约的完整性取决于制度资源的供给与需求关系。不完全的合约不仅仅是指内容的不完全,还指不同性质权利的组合。特定的权利在契约中明确给出,因此特定权利来源于契约各方的承诺和认同,剩余权利是由外在于契约的财产制度规定的。由于财产制度的强制性,剩余权利也具有相应的强制特征。

从这个意义上理解财政,可以获得更真实的经济学上的含义,以此为视角来观察公共政策可能获得更好的答案。在私人权利向公共权利转移的过程中,其实就是一个不完全合约的完成过程。虽然如让·雅克·拉丰(2002)所言,不知道怎样用一个基本方法去处理其中的大多数问题,但是现在和不远的将来,公共经济学理论体系在一步步地逼近一些以启发性原则为基础的假设,即一些与直觉相反的结果。如经济代理人完美的理性、信息沟通成本的缺乏、实用性理性、慈善的评判、完善的委托权等。公共经济理论加入了这些合约中的约束将更接近于真实的世界。

因此，将财政的内涵放在不完全合约的框架下进行研究，就需要放松财政的范畴。在本书中，我们将政府能够取得的所有收入都称之为财政收入，而将所有的支出都称之为财政支出。或许两者用公共收支来表示更为合适。从这个意义上讲，公共政策的过程也就是政府公共收支变动的过程。

政府公共政策的过程是一个典型的不完全合约的过程。可以简单地分析如下：

第一，财政契约是私人权利向公共权利转化又由公共权利转化为私人权利的过程。合约的执行具备典型的不完全合约的特征。比如，权利与义务不能完全一一对应、信息不对称、政府在其中的机会主义等，都使得法律只是规定了私人权利与公共权利转移的显性的直接的内容，对于一些隐性的间接的内容则没有涉及。如将税收的特性定义为强制、无偿、固定性，而通过预算法明确规定了政府的支出范围，这都是完全合约规定的内容。这在政府的预算报告中一般是以经常项目来表示的，可以看作是相对完全的合约内容。而对于一些通货膨胀、铸币税、债务等可以给政府间接带来收入的项目，则没有纳入法律规定的合约之中。这是为了防止束缚政府的手脚，也是一个不完全合约的例证。从这个意义上说，非完全的合约部分给了政府相机抉择的可能性，公共政策从此处着眼更有针对性。

第二，不完全的合约主要还是体现在合约内容的不完全上。如果将所有的政策操作都看作是公共收支的过程的话，那么政府也可以有不同的心理账户，其取得收入的方式也有许多。但由于公共权利向私人权利的转移基本上与后者向前者的转移不能一一对应，那么政府总是在尽可能地将合约的执行变得更加灵活。他们一般会将民众消费边际效用最大的那一部分或者说对民众福利损失最大的那一部分,通过固定的合约进行,并以法律或者国家强制力来保证完成。而对民众心理账户的分类中其他的收入分配,则尽可能地以不完全的合约来执行,这给了政府一个相机抉择的机会。

将私人权利转化为公共权利,如果以一种完全的合约来执行,则会引起民众较强的反对;而以一种隐性的合约出现,可以减少政策执行的成本。在信息不对称或者道德风险的背景下,这种设计会更加有利于政策的推行。从这个意义上讲,不完全合约框定了公共政策不一致性的基础。

第三,契约完全是由一种博弈的关系来决定的。私人权利的扩大可以增加契约的完整性。好的制度要求合约的完整性,这种完整性可以将民众与政府之间的关系以一种规则的形式界定下来。可以将双方预期造成的不确定性减小,从而有助于经济增长和社会福利的提高。这种观点如果放在制度变迁的过程中,则可以发现,由一个不完全的契约向完全的契约转化正是政策效果靠近帕累托效率的基本要求。

(二)财政失败与政府失败

在不完全合约基础上建立的财政概念,可以为我们提供一个理解政府生命周期的良好视角。这里只选取财政失败与政府失败的例子来加以论证。

财政是不同利益集团之间权利分配的过程,政府是其中的代理人。民众之所以愿意将自己的收入提供给政府是为了换取公共物品的收益,在完全的合约中税收一直被看作是公共产品的价格。政府在获取财政收入时,总是尽可能地不去改变完全合约的内容,因为合约改变的成本巨大。特别是增加税收,在一个基本上是一致同意的契约下,它会引起民众极大的抵制,而减税则会减少政府可以支配的财力,减少代理人的效用。因此,通过不完全的合约赋予的相机抉择的权利,它通过铸币税、国债等改变了民众的初始财富的价格,相应地会改变民众的心理感受。公共产品价格越来越高时,政府提供公共产品的规模效应将不复存在,个人或者市场将会替代政府来提供公共产品的替代品。当这种价格高到民众难以接受的程度时,合约的中断便会成为必然,委托人对委托事项的不满意,便会促使代理人的更迭。这个合约中存在着强制,因而委托人的不满意首先表现为合约中不完全部分对其福利的损失,如通货膨胀、失业率、国际贸易赤字、国家债务等。当委托人对强制执行的完全合约提出中断的时候,也就是民众不愿意纳税时,政府的存在便受到了巨大威胁。

政府的财政失败表现为入不敷出,根本上是增加了民众的福利损失,一方面是直接的损失,另一方面是间接的损失。除此之外,政府在公共品的提供过程中所导致的分配不公,也是导致财政失败的重要原因。财政是个分配的过程,既是个政治过程,也是个经济过程。政治过程会引起收入再分配数量的变化,它取决于在再分配计划被采纳之前个人是否知道自己在收入分配中的位置。每个人在这个政治经济过程中,都希望自己付出得最少,而享受的公共品最多,从而通过三个步骤达到政治与经济的均衡(Allan Drazen, 2000):对于一个给定的财政政策,个人使其选择变量最优化;在个人最优化的基础上,每一个人决定他自己最偏好的财政政策;通过适当的集体选择机制,个人偏好“加总”为整个经济范围内的财政政策。或许政府的计划并没有表现出明确的再分配性质,但是他们确实会向某一集团提供好处,而向其他集团施加成本,因此这些计划也有分配意义。虽然,许多计划中的一部分把更公平的收入或财富分配作为目标之一,但政府大部分的计划仍然是以特殊利益集团或是以一个地区的选民作为自己的目标。这些问题往往是由非货币化转移或者由隐性转移支付计划而引起的。这些转移的一个普遍特征就是:利益是由一个小的集团来享有,而成本却由一个大得多的集团来分摊。此种政治分肥(Pork - barrel)计划会使得不同的集团在提供公共收入时以一种不同的态度来对待。

一般来讲，只有当大集团的人均收益难以弥补其成本时，它才会进行抵制。奥尔森的研究表明，大集团并不代表其谈判实力强，小集团往往因为内部组织的原因可以更好地达成一致。如果放在一个依靠多数票才能继续执政的机制下，大集团的优势非常明显；当然在一个独裁的体制下，小集团可能会有更强的控制力。但这是一个短期的事情，在一个相当长的时期内，长期内公共产品成本与收益的不对称足以让大集团成员用脚投票。结果就是财政失败。

从这个意义上讲，财政的失败导致政府的失败。当然，这并不意味着政府或者领导者马上更迭①。这其中信息是个重要的问题，相对于大部分的民众，政府是信息重要的控制者。在某种程度上类似于内部人控制的问题。当财政开始出现问题时，政府首先隐藏信息，其次是进行政策的调整。我们所讲的基于财政约束的政府生命周期模型并不是一个完全与政府的更迭相对应的模型，那只是一种相关关系的描述。如果把其理解成政策执行的调整可能更为恰当。建立这个模型的目的也就是在考虑财政约束下公共政策是如何变化的，特别是财政危机时期短期政策调整与长期的政策变化的关系。因此，财政失败意味着政策的失败，意味着政策的调整。这种调整的内部机理及其政策的变化就是本书所要重点讨论的。

(三) 权威的生命周期与政府的生命周期

在个人效用最大化的假定下，将政府的生命周期与权威的生

① 政府是有生命周期的，政府的任期除了法律的限定外，政治家任期内财政压力的变化对其连任影响巨大。在很多国家，政府的更迭，往往就是因为财政危机难以解决。当然，此处的财政是广义上的，而非简单的政府显性账户表示的那样。再假定了领导者的效用主要体现为任期的长短时，便可以认为尽可能地避免财政失败是其政策的出发点。由此出发，政策的调整都是以财政状况的改善为原则的。当然，政府失败的原因并不只是财政这一个因素。

命周期联系起来是必然的。在人类历史中,权威政治远远比民主政治普遍,人类在绝大多数时期都生活在权威政治中,而不是生活在民主政治中。而且即使到今天,不少国家虽然已经走上了民主化的道路,但是在相当长的一段时期内,高度民主的理想还不会实现。可以预测,在将来较长一段时期内,权威政治仍然不会绝迹。权威的目标可以合理地描述为:(1)先是获得权力;(2)抓住权力;(3)获得占有权力的某种享受。这是权威政治学的基本理念。

权威因为在政府组织结构中处于金字塔的塔尖,它的变动对整个政府的形成与发展有着直接的影响。研究权威的生命周期主要是考虑到权威的形成和维护、权威的退出以及新权威的形成等对政府的政策产生的影响。我们在随后将会证明财政状况与权威的出现是反相关的,即当财政危机时,必然会导致权威的出现。而随着财政压力的变小,权威并不会主动地退出,也就是一种路径依赖的现象出现。在第七章中我们还会证明权威的存在与经济增长的关系。权威与民主的转化会在强制性制度变迁中影响到经济增长的变化,从而影响财政收入的变化,因而讨论权威的生命周期其实也是建立在财政压力周期变动的基础上的。

在这个框架内,政府的生命周期与权威的生命周期是一致的。

在我们下面的论述中将会发现图 3-1 的思想会一再重复。在财政危机之前,权威的形成非常困难。当财政出现危机从而引发制度僵滞状态时,权威以其"动物精神"承担风险并获取收益。在与竞争对手的斗争中确立了权威,以较低的交易成本通过短期的政策操作促使政府走出财政危机,并促进了经济的增长,制度创新开始。成功的有效的政策使得权威继续执政的可能性增加,并且为了维持权威带来的垄断收益,权威将会继续加强。因为短期的应时之作与长期的制度建设往往冲突极大,权威加强的同时又会形成新的利益集团,制度僵滞重新开始,财政危机重新开始。旧权威在与新权威的斗争中将会失去位置,新的权威又会重新复制前面的过程。这里还存在着另一种可能,即如图中虚的曲线所示,在加强权威从而解决财政危机之后,领导者出于规则的约束或者说是道德的力量会主动地将权力交予民主一方,从而主动地退位。

在权威的生命周期中,公共政策的变化将会是一个引人注目的事情。

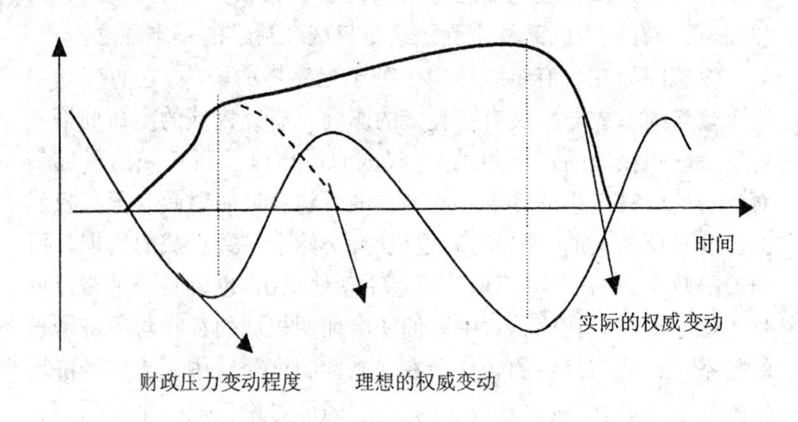

图 3-1 权威的周期变动与财政压力的变动

第二节 财政压力周期变动对政府行为的影响

财政压力周期变动下,政府的行为目标与领导者的偏好将不会是一成不变的。这些变化将会对政府行为或者说是公共政策的变动产生巨大的影响。

一、财政约束与政府行为

在本书的所有假定中,政府的效用都可以表现为财政收入的最大化,或者说是公共支出的最大化。如果再进一步考虑,则可以将政府的行为目标分为短期财政收入的最大化与长期财政收入的最大化。相应地,公共政策便分为短期的政策操作与长期的制度建设,也就是说财政约束使得政府行为目标动态化。

(一) 计划者与执行者

如果不考虑领导者的偏好,政府总是喜欢在其生命周期内财政充裕,使得政策不受财力的约束,以便实现其理想与抱负。一般来讲,政府没有不想长期效用最大化的,但是在财政的约束下,这种理想的执政状态则基本上难以实现。财政约束下政府的贴现率是不同的。财政充裕的政府是计划者(Planer),而财政压力大的政府是执行者(Doer)。前者考虑长期,后者考虑短期。

下面通过一个基本的模型来加以说明。

现在我们来假设两个政府,其中一个将短期的政策操作与长期的制度建设结合得非常好,也就是其考虑的是长期的收益最大化,而另一个只考虑短期收益最大化。前者我们称其为计划者,而后者我们称其为执行者。显然这两个政府的行为是相冲突的,前者是大部分经济学家认为公共政策应该达到的理想状态,可是事实上后者更是常态。其中的原因是什么呢?

假设两个政府生命周期都是 T 年,其中,$Y=(Y_1,\cdots,Y_T)$,在本届政府到期之时,收入 $Y_T=0$。其全部任期内的财富为 $LW=\sum_{t=1}^{T}Y_t$,而其支出流为 $C=(C_1,\cdots,C_T)$,则其预算约束为 $\sum C_T=LW$。他们从前届政府可能获得遗产,也可能获得债务。假设一个获得债务,另一个获得遗产。如果不考虑遗产和债务的影响,两个政府整个生命周期的收入和消费贴现值相同。

政府的效用函数为 $U_t(C_t)$,符合边际效用递减和非餍足性。即期的消费机会对任何政府都是有吸引力的,假设用 X_t 表示时间 t 期政府可行的选择机会集合。如果自由选择的话,政府将会选择 C_t 的最大化值,因为减少即期的消费是需要忍受意志的考验(willpower)的。一般来说,这种自我控制必然产生心理成本(psychic cost)，在不以物质激励为主的官僚体制中，朝三暮四远比朝四暮三给官员带来的抱怨要多。如果政府不是一个信守承诺的主体，这种情况更加普遍。用 W_t 表示这种心理成本。政府的总效用可以用 Z_t 表示，那么有 $Z_t = U_t - W_t(W_t > 0)$。

一般来说，债务政府的心理成本会大于遗产政府的心理成本，因为消费给前者带来的边际效益大于后者。两者的贴现率是不同的，前者大，后者小。因此，在效用相同的约束下，前者将选择 C_t 的最大化值，后者将选择一个较小的 C_t。

极端的考虑，债务政府的心理成本极大，则其效用为 $Z_t = 0$。而遗产国家相对于债务国家，在短期内可以不必考虑心理的承受力。前者可以说是关注即期的消费最大化，而后者则关心整个生命周期效用的最大化。

如果对此展开讨论，则可以探讨一个偏好短期收益最大化的政府愿意承受心理成本的几个原因：

原因之一，政府是一个成熟的(sophisticated)计划者，其能够清楚地意识到未来的自我约束，而且对自己的生命周期充满信心。

原因之二，政府领导者任期较长，其能够确实地相信政策预期发挥效力的时间会比其任期短。政策导致民众社会福利的损失会对领导者的政绩直接产生影响，领导者激励与约束直接建立在这个平台之上。

原因之三，一个政府财政充裕，另一个财政亏空。前者在执行政策时，其造成的财政亏空可以通过该政策之外的收入来补充。如果做不到这一点，政府基本上难以执行时间一致性的政策。

（二）财政约束对政府心理账户的影响

在第五章中我们将会对政府的心理账户进行仔细地分析，这里只是简单地提及。政府的收入与支出由各种不同的形式组成，这些形式在政府心中有着不同的效用，这主要是由政府收入取得的难度与公众对支出要求的强烈程度决定的。从财政的概念来讲,就是合约执行的程度及方法对政府效用的影响。政府的心理账户最终是由民众决定的,因为私人权利向公共权利转移会减少民众的福利,公共权利向私人权利转移则会增大其福利。

在财政充裕的时候,政府会尽可能执行合约中完全的部分,即在法律规定的范围内获得稳定的收益。比如,税收固有的强制、无偿、固定性足以保证其按照以支定收的原则进行公共品的提供。并且,不同的税种根据税率与税额的设计,在合约自动的执行中,使得民众财富的增长与政府财力的增长同时达到最大化是最优的结局。而在支出的时候,政府也愿意尽可能地进行符合长期民众意愿的支出。比如,转移支付中对穷人的救济,社会保障的建设,以及抵御外部入侵的军事支出,等等。

因为政府支出总有扩大的趋势,所以预算平衡的情况很少,盈余更是不太可能。随着财政盈余的减少,不完全合约执行中的条款会越来越多。

而财政亏空时,正好是相反的运行机制。财政危机对政府心理账户的影响表现为:政府通过对不完全合约部分的执行,影响到了民众的福利,从而影响到民众对合约的执行能力。在政府的心理账户中,政府的收支结果会因为财政的约束而发生变化。这种变化主要因为政府的心理成本发生了变化,其贴现率会变得较高。政府作为一个执行者,会选择短期内增大收入、减少支出的举措。如此一来,政府就不会考虑可能给其带来长期财政收入的制度建设的投入,而且政府还会将本来应负的责任放弃。在收入方面,政府就会试图改变完全的合约。当政府的税收开始改变的时候,特别是税率提高的时候,往往就是政府财政压力增大的时候。如果政府进行产权的改革,或者将私人财产没收为公有财产,或者将公有财产连同债务转移给私人,都是财政危机的表现。

因此,观察政府心理账户的变化,可以清晰地透视公共政策的变化。在政策的研究中可以采取各种方法,但是,如果不用一种视角，就会产生纷繁复杂的结果。选择财政的视角可以解决这个问题。

二、财政约束与领导者偏好

不论是在一个集权的还是分权的社会中，领导者的偏好对政策的影响都是必须考虑的。对领导者偏好的研究，在很大程度上可以纠正现代经济学对道德情操研究的忽视。现代经济学的发展在很大程度上已经发展成阿马蒂亚·森（Amartya Sen，1999）所讲的工程学了。政治学中有关伦理观念的论述，为经济学规定了不能逃避的任务。按照阿马蒂亚·森的观点，随着现代经济学的发展，伦理学方法的重要性已经被严重淡化了，从而使得经济学已经出现了严重贫困化的现象。在经济学的研究中，实证主义哲学家们将伦理学的命题都看作是无意义的。在公共政策的研究中，一般经济学家并不愿意去研究具体做出决策的人，一个主要的担心可能是怕这会引发不必要的麻烦。

领导者的情操或者说偏好受到财政约束的影响。除此之外，领导者的行为目标、任期等也会对政策产生影响，并且这些因素都受到财政约束的制约。因此，可以将它们放在一起讨论。对领导者偏好的讨论可以归结在贴现率的变动上。

政府以及领导者的贴现率可以用 ρ 表示，贴现率越大，表示政府越注重短期利益，而贴现率越小表示政府越重视长期利益。政府的偏好受到财政赤字（D）、领导者行为目标（B）以及领导人任期（T）的影响，其影响程度用 α、β、θ 表示。ρ_0 表示不受上述因素影响的贴现率。财政赤字越大，ρ 越大；赤字越小，ρ 越小。领导者越偏好长期的目标，ρ 越小；越偏好短期目标，ρ 越大。领导者任期长，ρ 较小；任期短，则 ρ 较大。

即：$\rho = f(D, B, T)$，$(\rho = \rho_0 + \alpha + \beta + \theta)$。

并且$\frac{\partial\rho}{\partial D} > 0 \quad \frac{\partial_{\partial\rho}}{\partial_{\partial D}} \leqslant 0$，$\frac{\partial\rho}{\partial B} > 0 \quad \frac{\partial_{\partial\rho}}{\partial_{\partial B}} \leqslant 0$，$\frac{\partial\rho}{\partial T} < 0 \quad \frac{\partial_{\partial\rho}}{\partial_{\partial T}} \geqslant 0$。

领导者对目标的选择或者说任期长短对其偏好的影响是主观的,它本质上还是受到财政约束的影响,因为任何政策的推行都会引起政府财政的变化。但是,并不能说我们不需要考虑领导者个人道德情操的影响。比如,$\rho = \rho_0 + \alpha + \beta + \theta$,在 α、β、θ 三者中,假设有两者不变,则任一其他值变动,都会使 ρ 是同向变动。三者也存在着变动效应相互抵消的情况。如政府财政状况变好,α 变小;但如果同时领导者情操指数变低,β 变大,ρ 不变。三者的组合很多,极端情况是当 α、β、θ 同时最大与同时最小时,相应地,ρ 极大或极小。

第三节　政府行为生命周期模型

在前面分析的基础上,我们可以建立一个政府的行为生命周期模型。该模型建立在财政危机是政府危机的充分条件,但不是必要条件的基础上。在一个较长的时间内,考察政府的生命因为财政的波动而周期波动的过程,目的还是推演出政策的演化机制。

一、模型的几个前提条件

第一,政府的生命周期是由微观主体决定的,按照委托代理的理论,政府只是一个代理人而已,代理人的生命是由委托人决定的。政府是有自己利益的,追求自身利益最大化是政府行为的目标所在。

第二,由于交易成本的存在,委托人一致同意的原则难以贯彻。因此,只有部分委托人才具有决定代理人的权利。这样,委托人就分成了几个利益集团。本书假设存在着两个集团,穷人集团和富人集团,穷人是大集团,富人是小集团。

第三,政府的财政压力会引发不同集团对公共产品价格的分歧。极端地讲,当一个集团的心理承受能力与公共品的价格相差很大时,就会拒绝将个人的权利转移到公共的权利,财政的过程将会中断。财政的中断意味着政府生命周期的结束。当然,这个集团应该是一个大集团,而不是小集团。在本模型中,假定小集团在短期内对政府的影响力较大,相应地,它所享受的转移支付的单位利益会比大集团大。

第四,信息不对称使得委托代理的契约是不完全的。政府在契约的执行中,虽然随时面对财政的压力,但是只有财政压力足够大时,政府才会失败。财政失败根本上是由经济的停滞决定的。如果考虑到创新是经济增长原动力的话,那么不同集团创新的能力和动力决定着政府财政能力的吸取。

第五,当财政压力导致政府失败后,新的领导者出现,得到新的利益集团的支持后,公共品的价格随之下降,财政压力开始下降。

二、模型

假设在某一时点,整个社会的人口为 N,分为三个集团。穷人集团,人数为 N_1;富人集团,人数为 N_2;政府作为一个集团,人数为 N_3。$N_1+N_2+N_3=N, N_1>N_2(N_3)$。假设穷人集团通过劳动获取社会财富,人均数额为 g_1;富人集团通过资本获得财富,人均数额为 g_2;政府集团通过公共权力获得财富为 g_3 可以看作其作为代理人的人均报酬。假设社会总人数不变,各集团的人数也不变,但人们会在不同集团之间转换身份。

我们的模型是通过对政府财政过程的描述开始的。政府集团的人均报酬如果为零,政府生命便将结束,这是基本的逻辑出发点,因为代理人不会免费从事代理工作。整个代理人的报酬总量为 N_3g_3,它是政府从穷人集团和富人集团转移来的财富减去对这两大集团的转移支付、用于公共产品的支出的余额。如果一国内部的转移不能满足政府报酬的要求,它还可能从国外借债。

在一个不完全的合约下,政府可以通过两个途径来获取收入:

直接方式和间接方式。合约中完全的部分，如税收可以通过法律强制执行，此为直接方式；合约中不完全的部分，政府可以通过通货膨胀、铸币税、国债等通过间接改变其他集团财富的方式取得。不同的集团与政府的谈判结果不同。富人集团因为规模小，所以行动的一致性更强，在谈判的过程中可以取得更有利于自己的结果。一方面可以少交税，另一方面因为其人均财富相对较多，通货膨胀等对其的影响较穷人要小。穷人集团谈判的结果正好相反。政府直接取得财富量占穷人集团与富人集团财富量的比率用 t 表示，穷人集团和富人集团的转移比率分别为 t_1 和 t_2，一般可以认为 $t_1>t_2$。政府间接取得的财富量占其他两大集团财富量的比率用 e 表示，穷人集团和富人集团财富因而转移的比率分别为 e_1 和 e_2，可以假设 $e_1>e_2$。

同样的道理，政府向两大集团财富转移的量也因为集团不同的谈判实力而有所不同。假设整个的转移量为 V，其中转移给穷人的单位量为 v_1，转移给富人的则为 v_2，通常的情况是 $v_1<v_2$。则穷人集团的转移支付量为 N_1v_1，富人集团为 N_2v_2，$N_1v_1+N_2v_2=V$。

政府公共支出的量为 C，外债为 B_f。概括地讲，政府的财政过程将如下式所示：

$$N_3g_3=(t_1+e_1)N_1g_1+(t_2+e_2)N_2g_2-(v_1N_1+v_2N_2)-C+B_f$$

但是，财政过程是一个演化的过程，它决定于穷人集团和富人集团创新引发的经济增长的变动。本模型坚持创新是经济增长的动力，但不同集团的创新能力和动力不同的基本假设。新增财富给穷人和富人带来的边际收益是不一样的，前者高于后者。因此，可以假设穷人创新的动力高于富人。这里引入了创新的系数，穷人的为 α，富人的为 β，$\alpha>\beta(0<\alpha<1,0<\beta<1)$。财富增加，创新系数可以起到加速数的作用，经济加速增长；财富减少，经济加速下滑。由于 $t_1>t_2$，$e_1>e_2$，$v_1<v_2$，财政过程的结果对于穷人

集团来说为财富净流出，对富人集团则为财富净流入。因此，加入了创新系数的影响，穷人集团因为创新能力的下降导致了经济的下滑。富人集团虽然创新能力增强了，但因为其创新动力不足，经济增长的速度将会放缓。极端地讲，穷人集团导致的经济下滑速度将会快于富人集团导致的经济增长速度。这一过程长期演化的结果是经济萎缩、财源枯竭，政府集团报酬趋于零。

上述结论是对整个财政过程的描述，是一个静态的分析。上述过程是不断演化的，因而动态的考察会更加符合政府行为的实际形态，将财政过程细分为一个个单独的过程便是合乎逻辑的技术处理。每个财政过程之后，不同集团的财富都会发生变化，因而直接影响到代理人报酬的变化，政府生命动态演化。

前面的综述可以看作是对第一个财政过程的分析。即：

$$N_3g_3^1=(t_1+e_1)N_1g_1^1+(t_2+e_2)N_2g_2^1-(N_1v_1+N_2v_2)-C+B_f$$

在第二个过程中财富将会发生变化。穷人集团的人均财富以 g_1^2 表示，富人集团的人均财富以 g_2^2 表示。则有：

$$g_1^2=[g_1^1(1-t_1-e_1)+v_1](1-\alpha)$$

$$g_2^2=[g_2^1(1-t_2-e_2)+v_2](1+\beta)$$ ①

若每个财政过程中政府集团的报酬保持不变，公共支出水平不变，t 与 e 不变，两个集团财富向政府转移财富的比率与政府的债务都不变，假设只是政府对于穷人和富人的转移支付发生变化。假设对穷人单位转移支付每个财政过程减少 θ，对富人增加 ε。并且进行 T 期，则有：

$$g_1^T=[g_1^{T-1}(1-t_1-e_1)+(v_1-T\theta+2\theta)](1-\alpha)$$

$$g_2^T=[g_2^{T-1}(1-t_2-e_2)+(v_2+T\varepsilon-2\varepsilon)](1+\beta)$$

---

① 进一步还应该考虑政府投入的公共产品对经济增长的影响。政府投入的公共品为C，每个集团的单位收益为C/N，那么财富变化为$g_1^2=[g_1^1(1-t_1-e_1)+v_1+c/N](1-\alpha)$，$g_2^2=[g_2^1(1-t_2-e_2)+v_2+c/N](1+\beta)$。

$$
\begin{aligned}
N_3 g_3^T &= (t_1+e_1)N_1 g_1^T + (t_2+e_2)N_2 g_2^T - [N_1(v_1 - T\theta \\
&\quad + \theta) + N_2(v_2 + T\varepsilon - \varepsilon)] - C + B_f \\
&= N_1 g_1^1 (1-t_1-e_1)^T (t_1+e_1)(1-\alpha)^T + N_1 v_1 \\
&\quad [(t_1+e_1)(1-\alpha)\frac{1-(1-t_1-e_1)^T(1-\alpha)^T}{1-(1-t_1-e_1)(1-\alpha)} - 1] \\
&\quad - N_1\theta[(t_1+e_1)(1-\alpha)\frac{1-(1-t_1-e_1)^T(1-\alpha)^T}{1-(1-t_1-e_1)(1-\alpha)}(T-1)-1] \\
&\quad + N_2 g_2^1 (1-t_2-e_2)^T (t_2+e_2)(1+\beta)^T + N_2 v_2 \\
&\quad [(t_2+e_2)(1+\beta)\frac{1-(1-t_2-e_2)^T(1+\beta)^T}{1-(1-t_2-e_2)(1+\beta)} - 1] \\
&\quad + N_2\varepsilon[(t_2+e_2)(1+\beta)\frac{1-(1-t_2-e_2)^T(1+\beta)^T}{1-(1-t_2-e_2)(1+\beta)} \\
&\quad (T-1)-1] - C + B_f
\end{aligned}
$$

经济学家习惯的生命周期模型都是考虑行为主体在跨期内的总收益最大化。这里隐含的前提是:行为人至少可以控制自己的生命周期,其所做的是改变生命周期内的消费和储蓄的关系,以平滑自己的消费。即使是行为偏好不同,也不过是早消费还是晚消费而已。

而政府的生命周期特征则不同,最突出的一点是政府并不能掌控自己的生命周期,代理人有随时卸任的可能。虽然政府可以通过信息的不完全和内部人控制等手段掩盖财政危机,但是仍然不能改变财政失败引发政府失败的结局。因此,本模型考虑的就不是一个跨期的模型,而是一个即期演化的模型。

考虑到我们推演出的通用模型,可以得出有关政府集团报酬与政府生命周期变动的有益结论:

第一,在一个较长的时期内,穷人集团净转移支付为负值、富人集团净转移支付为正值的财政过程的结果是代理人报酬最小化。结果是代理人失去存在的理由,政府失败。

对上式求时间 T 无穷大时 g_3 的极限,则可以得到政府报酬最小化的表达式为:

$$\begin{aligned}\lim_{T\to\infty} g_3 = &\frac{N_1}{N_3}v_1[\frac{(1-\alpha)(t_1+e_1)}{1-(1-\alpha)(1-t_1-e_1)}-1] \\ &+\frac{N_2}{N_3}v_2[\frac{(1+\beta)(t_2+e_2)}{1-(1+\beta)(1-t_2-e_2)}-1] \\ &-\frac{N_1}{N_3}\theta[\frac{(1-\alpha)(t_1+e_1)}{1-(1-\alpha)(1-t_1-e_1)}(T-1)-1] \\ &+\frac{N_2}{N_3}\varepsilon[\frac{(1+\beta)(t_2+e_2)}{1-(1+\beta)(1-t_2-e_2)}(T-1)-1]-\frac{1}{N_3}C+\frac{1}{N_3}B_f\end{aligned}$$

经历足够长的时间后,财富变化的结果使得穷人集团和富人集团的创新系数都趋向于0,此时,制度陷入僵滞状态。可以非常容易地证明:

当 $\alpha\to 0$ 时,

$$\frac{(1-\alpha)(t_1+e_1)}{1-(1-\alpha)(1-t_1-e_1)}-1\to 0,$$

$$\frac{(1-\alpha)(t_1+e_1)}{1-(1-\alpha)(1-t_1-e_1)}(T-1)-1\to +\infty。$$

当 $\beta\to 0$ 时,

$$\frac{(1+\beta)(t_2+e_2)}{1-(1+\beta)(1-t_2-e_2)}-1\to 0,$$

$$\frac{(1+\beta)(t_2+e_2)}{1-(1+\beta)(1-t_2-e_2)}(T-1)-1\to +\infty。$$

所以,随着时间的推移,社会两大集团对代理人收益的贡献发生了根本的改变。在财政过程初期,富人集团和穷人集团共同通过直接和间接的方式为代理人的报酬做出贡献,而在 T 时期财政过程的结果则是代理人报酬的边际贡献完全来源于富人集团。由于富人集团是小集团,具有极强的谈判力,t_2 与 e_2 最终将会接近于零,因而政府作为代理人的报酬达到最小化,即:

$$\underset{T\to\infty}{\text{Min}}\ g_3^T = \frac{N_2}{N_3}\varepsilon\left[\frac{(1+\beta)(t_2+e_2)}{1-(1+\beta)(1-t_2-e_2)}(T-1)-1\right] - \frac{1}{N_3}C + \frac{1}{N_3}B_f$$

第二,新政府的出现是通过打破制度僵滞状态开始的。外部资金支持和内部收入的分配,使得穷人创新能力得以提高并且财富向正方向净转移,从而代理人的报酬达到最大化。

新的政府特别是领导者的出现,首先要解决财政危机问题,在内部资金匮乏的时候,政府首先需要外部资金的支持。新政府与旧政府的最大不同是它将外部资金回报的要求与强行转移富人集团的财富结合在一起。富人的财富一部分抵押给国外资金,另一部分则转移给穷人集团。于是,穷人的创新能力在创新加速数的作用下促进了财富的增加,代理人的报酬增加,经过一个较长的时间后达到最大值。将前面对穷人集团和富人集团财富净转移的过程反过来考虑,穷人集团净财富增加,富人集团净财富减少,穷人集团创新能力提升速度高于富人集团。相应地,政府直接收入和间接收入、转移支付的初始值和变化值都发生反方向的变化。为了简化,假设保持原来的数值。

在前面政府失败的过程中,富人净财富趋增,穷人净财富趋减。在新政府重生的财政过程中,两大集团净财富变化过程正好相反。假若政府持续时期为 T,则政府报酬最大化的表达式如下。

复制前面的过程,则有:

$$\begin{aligned} N_3 g_3^T &= (t_1+e_1)N_1 g_1^T + (t_2+e_2)N_2 g_2^T \\ &\quad - [N_1(v_1+T\theta-\theta)+N_2(v_2-T\varepsilon+\varepsilon)] - C + B_f \\ &= N_1 g_1^1(1-t_1-e_1)^T(t_1+e_1)(1+\alpha)^T + N_1 v_1 \\ &\quad \left[(t_1+e_1)(1+\alpha)\frac{1-(1-t_1-e_1)^T(1+\alpha)^T}{1-(1-t_1-e_1)(1+\alpha)}-1\right] \end{aligned}$$

$$+N_1\theta[(t_1+e_1)(1+\alpha)\frac{1-(1-t_1-e_1)^T(1+\alpha)^T}{1-(1-t_1-e_1)(1+\alpha)}(T-1)-1]$$

$$+N_2g_2^1(1-t_2-e_2)^T(t_2+e_2)(1-\beta)^T+N_2v_2$$

$$[(t_2+e_2)(1-\beta)\frac{1-(1-t_2-e_2)^T(1-\beta)^T}{1-(1-t_2-e_2)(1-\beta)}-1]$$

$$-N_2\varepsilon[(t_2+e_2)(1-\beta)\frac{1-(1-t_2-e_2)^T(1-\beta)^T}{1-(1-t_2-e_2)(1-\beta)}$$

$$(T-1)-1]^{-C+B_f}$$

$$\text{Lim}\ \underset{T\to\infty}{g_3^T}=\frac{N_1}{N_3}v_1[\frac{(1+\alpha)(t_1+e_1)}{1-(1+\alpha)(1-t_1-e_1)}-1]$$

$$+\frac{N_2}{N_3}v_2[\frac{(1-\beta)(t_2+e_2)}{1-(1-\beta)(1-t_2-e_2)}-1]$$

$$+\frac{N_1}{N_3}\theta[\frac{(1+\alpha)(t_1+e_1)}{1-(1+\alpha)(1-t_1-e_1)}(T-1)-1]$$

$$-\frac{N_2}{N_3}\varepsilon[\frac{(1-\beta)(t_2+e_2)}{1-(1-\beta)(1-t_2-e_2)}(T-1)-1]$$

$$-\frac{1}{N_3}C+\frac{1}{N_3}B_f$$

不同于上一个政府失败的过程,此过程财富变化的结果使得富人集团与穷人集团的创新系数发生了相反的变化。我们极端地假设 $\alpha\to1$、$\beta\to0$,穷人集团是大集团,它对代理人报酬的贡献率将会趋向于 100%,因此有:

$$\text{Max}\ \underset{T\to\infty}{g_3^T}=\frac{N_1}{N_3}\theta[\frac{(1+\alpha)(t_1+e_1)}{1-(1+\alpha)(1-t_1-e_1)}(T-1)-1]+\frac{N_1}{N_3}v_1$$

$$-\frac{1}{N_3}C+\frac{1}{N_3}B_f$$

由于穷人创新的扩张效应,政府报酬达到极大化。

第三,当富人集团经历了政府失败过程中与穷人相同的命运之后,富人集团和穷人集团易位。制度变迁重新开始,政府生命周期循环往复。

第四,政府从失败到重生面临巨大的风险,也存在着巨大的收益。权威在其生命周期内,随着财政压力的变化偏好随之变动。

综合以上分析,我们可以给出政府生命周期模型,如图 3-2 所示。

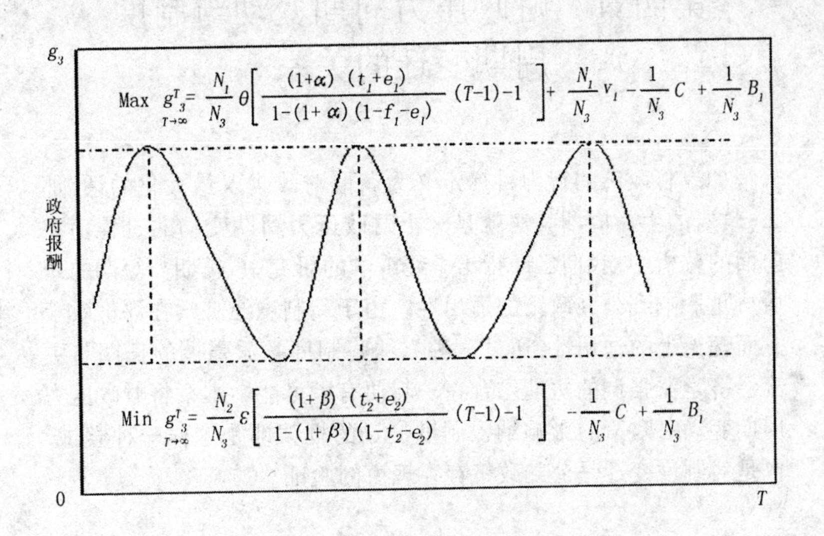

图 3-2 政府生命周期模型

第四章　财政压力周期变动与制度周期变迁的关系

如果将政府的行为目标定义为获取财政收入最大化的话，那么，政府的生命周期其实就是一个财政压力周期变动的过程。在前面的分析中，我们已经指出了经济学的研究中，长期与短期的矛盾严重影响到公共政策的适用性。由于新制度经济学在评价政策方面理论上的适用性，通过一种方法将制度学派强调的长期与主流经济学派强调的短期融合在一起便有了可能。本章将财政压力周期变动对政策的影响纳入制度变迁的框架即是这样一种尝试，也是对制度变迁是公共政策存在理由的验证。

第一节　制度周期变动与财政压力周期变动的一般关系

一、制度周期变动

虽然对于制度的定义并没有完全取得一致，但是一般认为制度是指各种带有惩罚措施、能对人们的行为产生规范影响的规则①。制度变迁则被定义为规则的变迁，其动因在于制度变迁的收益超过了成本。规则的改变从本质上讲是一种权利的变化，权利的改变会引起权利拥有者边际收益的变化，从而影响到实际产出的变化，也就是说经济增长率的变动。也正是从这个意义上讲，

---

① 约翰·道巴克和约翰·奈耶(2004)，柯武刚、史漫飞译，《制度经济学——社会秩序与公共政策》，中国人民大学出版社 2002 年版，第 33 页。

新制度经济学被认为是一种新的经济增长理论①。如果不考虑价值判断的话，经济增长率的变化暗合了制度变迁的路径选择。当然，制度变迁不仅仅是经济增长率的变化，它更多的是包括历史、文化、道德等的变化。在一个较长时期内考察，便会发现这些变化如果不能与经济增长相适应，更确切地说是不能与经济发展相适应，便会被认为是一种不良的制度变迁。而社会所认同的制度变迁往往是以是否促进了经济增长来进行价值判断的，或者从另一个角度来看，是通过一种显示性偏好以结果来推断成因的做法。因此，以经济增长率的变动来考察制度变迁是一个逻辑上讲得通的视角。

经济增长率的变动是一个公理，经济波动是一个周期变动的过程，因此制度变迁也是一个周期变动的过程。根据程虹(2000)的研究，制度变迁的周期分别为制度僵滞—制度创新—制度均衡—制度僵滞的循环往复。将制度变迁划分为几个不同阶段的标准，即在于制度变迁对经济增长的实质影响。诺斯曾经认为，制度变迁的诱致因素在于行为主体期望获取最大的潜在利润，即外部利润。这是在既有制度安排结构中行为主体无法获取的利润，将这些外部利润内部化的过程就是一个制度变迁的过程。一般可以认为，只有较高的边际收益才可能与变迁的一方投入的要素相适应，因为其需要承担变革不成功的风险，并且获取这些外部利润是需要成本的。这些利润与成本的对比，不仅表现为经济增长率的变动，也可以通过收入分化得以表现。如果纳入经济增长的范围，便会发现所谓的僵滞、创新以及均衡都是经济增长与收入分配，或者说是公平与效率的替代，所不同的只是其替代的程度不同而已。

---

① 诺斯认为，“成功的创新导致总收入的增加，因而在原则上可能没有人在这一过程中受损”。《制度创新的理论：描述、类推与说明》，《财政产权与制度变迁——产权学派与新制度学派译文集》中译本，上海三联书店 1991 年版，第 291 页。

二、财政压力周期变动与制度周期变动的一致性

制度变迁导致经济增长变动，这些变动很大程度上是政府公共政策作用的结果。财政压力的变动改变了公共政策，影响到经济增长，从而波及制度变迁。如果考虑到政府的强制性制度变迁，便会发现财政约束对制度变迁的影响更是重要。前面论述的制度周期变动，往往是与财政压力的周期变动相伴而生的。

财政压力周期变动表现为政府对因为征税和提供公共产品而与公众达成的契约信守成本的变化。当财政压力变大时，政府信守契约的成本加大，其更多的是通过各种手段来暗中改变契约。当压力大得难以承受时，便可能公然放弃契约。契约的执行程度是与财政压力的变动相一致的。

对于公共支出，一般认为是遵从瓦格纳规则的，即公共支出持续增加，但是对于财政压力周期变动并不是公认的准则，原因可能是本着量出为入的财政准则的政府会将财政赤字当作一种扩张需求的工具。其主动选择财政赤字，在政府行为风险最小化的假设前提下，似乎是一种胸有成竹的做法。

本书是将财政压力周期变动当作研究的基点进行的，可以说是一个公理，这源于对现实的考察。在下面的图表中，美国与中国几十年财政状况的变化已经说明了这个公理的存在。美国1930～2003年73年的财政运行验证了这个结论，中国1979～2002年的数据反映的结论也是如此。①

由于我们在前面明确提到了制度的周期变动的最终结果都可以体现为经济增长率的周期波动，因此，此处所要讨论的财政压力周期变动与制度周期波动的关系便有点老生常谈的意味了。这种

① 此处所使用的财政压力是用官方公布的财政支出与财政收入的差额与名义国内生产总值的比来表示财政压力的。这个指标的使用并不能完全准确地反映政府的财政压力，因为它只是反映了政府对公共财力非常规范的支配。在下面的分析中，我们还会明确指出，运用广义财政的概念可能会更好地反映政府的财政压力，包括产权的转移、通货膨胀等。这对中国财政压力的考察更是必要，因为一个转型的政府比一个市场经济成熟环境下的政府行为要不规范得多。政府公布的财政赤字只是反映了政府财政压力的一部分，更多的隐性的支出加大了政府的公共负债。

关系就是在宏观经济学中讨论的财政约束与经济增长的关系,也就是我们常说的经济决定财政与财政反作用于经济的关系。本书只是从另一个角度进行了论证,努力想达到横看成岭侧成峰的效果。

图 4-1、表 4-1、图 4-2 中财政赤字与经济增长的计量检验结果清楚地表明了两者的一致性。

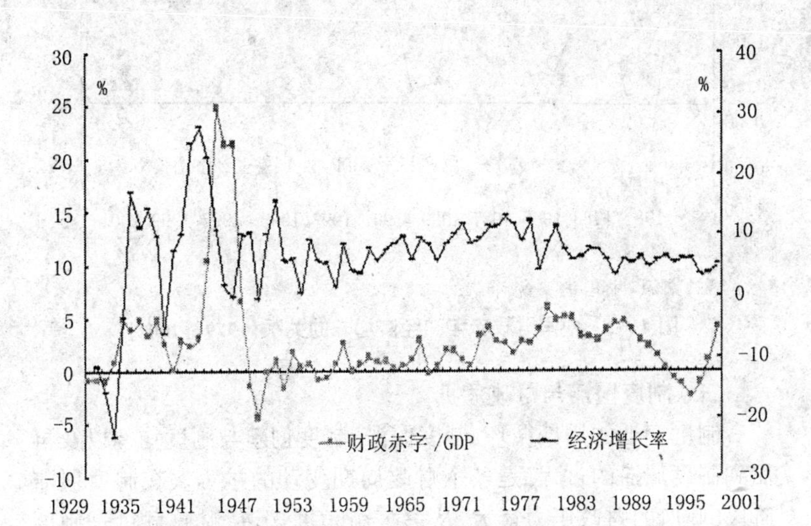

资料来源:美国商务部。

图 4-1 美国财政赤字与经济增长的一致性(1930～2003)

表 4-1 美国经济增长与财政赤字互为因素(格兰杰检验结果)

日期:2005 年 3 月 3 日	样本:1930～2003		滞后期: 8
假设不成立	Obs	F 统计量	概率
ZZ 与 CZ 通不过检验	66	8.09003	6.90E-07
CZ 与 ZZ 通不过检验		1.884	0.08401

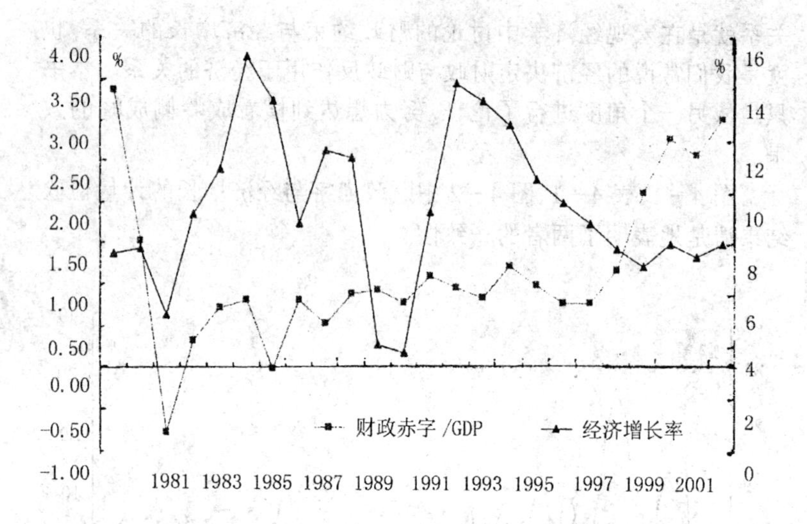

资料来源:中国国家统计局。

图 4-2 中国财政赤字和经济增长的关系(1979~2002)

三、制度僵滞与财政危机

制度变迁的周期循环,制度僵滞、制度创新与制度均衡以及再回到制度僵滞的过程,是一个财政周期变动的过程。在制度僵滞阶段,政府的财政压力最大,从另一个角度来讲,财政危机是制度僵滞的最重要表现。按照程虹(2000)的解释,制度僵滞具有三个明显的特征:

第一,社会对创新的愿望远低于在现有社会分配中去争取更大份额的愿望,社会创新不足;

第二,产权制度不能成为人们交易行为的基本规则,产权的成本收益不对称;

第三,在基础制度方面,行政权力有复归的趋势。

在这一时期,社会对创新的愿望远低于在现有社会分配中去争取更大份额的愿望。也就是创新成本太大,人们缺乏创新的愿望,也没有获得创新收益的可能。人们不是努力去寻求创新的机会,而是去获得社会分配中更大的份额。社会对公平的诉求优先于效率。

形成制度僵滞的原因很多,如交易规则的不完善、政府行政干预过多等,其中收入分化严重起到了至关重要的作用。收入决定了消费,收入的分化又造成了消费断层,消费决定着投资,需求低迷决定了经济增长速度的下降。推动制度变迁的动力是潜在收益与成本的比较,潜在利润的不足降低了创新的动力,制度便陷入了僵滞状态。

收入分化对经济增长的影响是一个复杂的过程。库兹涅兹(Kuznets,1955)总结出了“库兹涅兹曲线”,巴罗(Barro,1999)认为这种结论只有很弱的实证可以证实。很多学者从几个方面提出了论据(Bertola, 1993),(Alesina、Rodrik, 1994),(Verneris、Gupta, 1986),(Alesina、Pertotti, 1996)。后来,凯普斯基(Kapstrin, 1996)和克鲁格曼(Krugman,1996)进行了争论,认为收入分配中的极不平等可能在一段时间之后导致重大的社会冲突,对经济增长产生消极的影响。

概括来看,收入分化对经济增长的影响是分阶段的,即通常所讲的收入分化程度太小不能激励创新,而收入分化太大则抑制创新。富人有能力但是没有创新的动力,缘于资本的边际收益递减;而穷人有创新的动力,但是没有创新的能力。这是因为,只有人力资本增加的劳动才存在着规模收益递增的可能。此时,经济增长停滞,财政危机出现,制度僵滞开始。

制度僵滞的根本成因在于社会财富的减少,收入分配导致社会各阶层成员的福利分配不均衡。只有将福利分配得更加均衡,经济增长的可能性才会增大。财政作为一种合约的分配,在解决收入分化方面,为政府提供了至关重要的工具。

政府之所以强制出面,一种可能的原因是市场难以解决制度僵滞的问题。这里还存在着另一种可能，即根据我们在第二章的假设，政府出于自我利益的最大化，超越市场而去主动解决制度僵滞问题，便是一种通常所讲的强制性制度变迁了。下面的内容将会论证在财政危机时期，惟有政府才能解决制度僵滞问题，集体行动中强有力领导者的出现更呈现出一种“英雄史观”。其中，有造成制度创新的巨大可能的结果，也可能使得制度僵滞的概率增大。我们所要回答的问题是：成功的可能性在于机缘的巧合，失败几乎是一种必然的判断是不是与事实相符合。

第二节　制度僵滞解决的自我执行①

制度僵滞的根源主要在于收入分化，解决制度僵滞需要从收入分化的解除开始。

图 4－3 是收入分化与社会福利损失的关系图。图 4－4 中，I_0、I_1、I_2 分别表示不同的等福利线。其中，I_0 是目前的形态，表现为牺牲公平、保证效率的取向。此时，二者还是相互替代的关系，不过是公平对效率的边际替代率大于 1 而已。I_1 描述的是收入分化处于极端的状况，无论是走向哪一个极端，都表现为一种互补的关系，社会福利受到极大的损害。I_2 是对当前收入分配不当进行有效的制度调整后的等福利线，公平对效率的边际替代率下降，社会分化程度减轻，等福利线向右偏移，社会总福利增加。

---

① 制度僵滞从另一个角度来讲，就是政治经济学上所讲的政策上的不行动、拖延，它们都反映了利益集团之间的冲突。相关的模型有很多，主要有以下四类：一是既得利益集团反对有益于社会的政策变革，Olson(1993)强调了以前的经济兴盛会导致停滞和衰落的理论。本哈伯与罗斯蒂尼(Benhabib and Rustichini, 1996)在此基础上给出了一个将共同财产据为己有的模型。科洛斯和罗尔(Krusell and Rull, 1996)的模型是有关增长进程中既得利益集团和增长停滞的模型。两是改革是一种公共物品，改革的负担存在着冲突。其中，Alesina and Drazen(1994)以及 Drazen and Grill(1993)提出了消耗战模型。三是个人受益不确定导致改革延迟。见 Fernandez and Rodrik(1991)，Rodrik (1993)。四是沟通失败(Communication Failure)模型。见 Crawford and Sobel (1982)，Jeremy C. Stein(1998)。本书的模型类似于第一种，将利益集团的博弈看作是制度僵滞的重要原因。

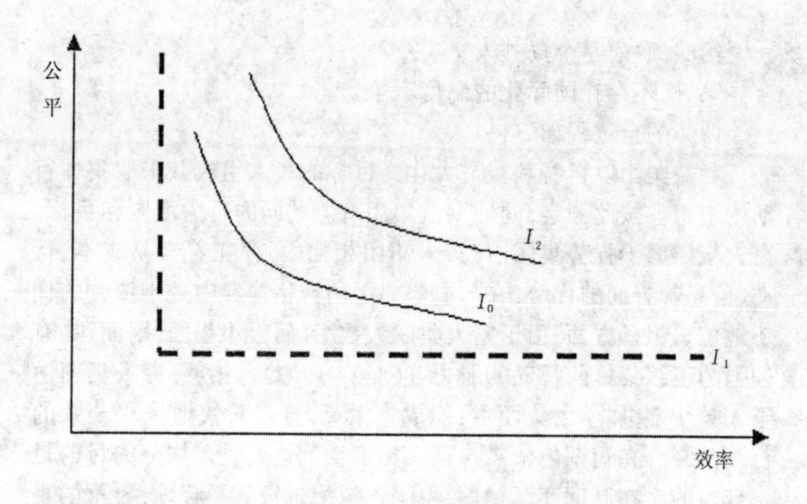

图 4-3　收入分化与社会福利的损失

理想化的政策结论是采取措施,尽量使等福利线由最初的 I_0 向 I_2 移动,并防止滑向福利水平恶化的 I_1。如果等福利线越来越快地靠近 I_1,那么使该曲线保持理想化的右移状态存在着巨大的制度障碍。

这种巨大的制度障碍的解决有两种方法:一个是封闭经济体中的市场自我解决与政府解决;另一个是开放经济体中的外部经济对内部经济的冲击。本节考察市场的自我解决,下一节考察政府的解决与外部的冲击。

一、穷人集团与富人集团的博弈

这里借用一个基本的博弈模型(魏凤春,2002),分析在没有政府和外部冲击的背景下这一状态打破的可能性。

基本假设:

第一,社会分为两大集团,富人集团与穷人集团;

第二,富人集团属于小集团,穷人集团属于大集团;

第三,集团与集团之间、不同集团内部都存在着博弈;

第四，政府是个局外人；

第五，不存在国际化的制度竞争。

博弈的全过程如下：

利益集团以自身利益最大化为目标的个人组成并采取集体行动的组织。按此假定，同一利益集团有着共同的行为准则和目标。富人集团属于强势集团，与穷人集团相比较，存在着交易成本、行动、信息等方面的优势，在与弱势集团的智猪博弈中处于谈判的优势地位。另一方面，由于富人集团人数少，属于小集团，因而“具有较强的组织集体的行动的能力”(Olson，1997)。相反，穷人集团由于人数众多，属于大集团，组织成本太高，难以较快地采取一致的行动，因此，在短期内依靠与富人集团谈判达到收入均分的目的是不现实的。在制度变革初期，由于资源配置极其不合理，要素的重新配置只会增加全体国民的福利，效率的提升对公平没有很大的影响。随着资源配置的逐步优化，帕累托改进使得增加一个人的福利必然要求减少另一个人的福利，收入分化问题的解决实质上就是杀富济贫，这符合公共政策实质上利益分配的基本原则。因此，要求富人主动分割自己的利益是与理性人假设不相符合的①。

但是，公平对效率的替代关系表明，如果富人集团无视穷人集团福利的进一步恶化的现状，可能造成公共的悲剧。当穷人采取集体行动的边际成本接近于零时，穷人集团与富人集团的谈判就不再依赖于市场的规则，而转变为游离于土地、资本和劳动力之外的强取了。历史上农民起义即是明证。另一方面，小型集团迅速地组织集体行动这一优势随着社会稳定时间的延长而递减。从长期来看，穷人集团在与富人集团的博弈过程中，优势地位逐步明显，在稳定的社会中是如此，在一个动荡的时期更是如此。因此，

---

① 当然，现实生活中有不少富人通过慈善会、希望工程等手段扶助穷人，这可以归结为道德的感化。通过这种方式，财富的转移程度对公平失衡的纠正程度可以忽略不计。穷人集团与富人集团的博弈类似于一个智猪博弈，此处指的是富人与单个或者少数穷人短期内的博弈结果。如果考虑到长期的多数富人与穷人的博弈，结果将是另一种局面。

出于自身利益最大化的富人集团会在一个制度稳定的框架内做出一些让步，而穷人集团也会在市场化扩大的同时，增强自身的谈判能力，从而收入分配的改变有助于打破制度僵滞的状态。前者的让步取决于富人集团内部的博弈，而后者谈判能力的增加主要表现为在要素分配中原始占有的增加。其内部的博弈因其人数的众多而面临巨大的组织成本和微小的个人收益的冲突，选择性激励难以做到。再加上普遍的搭便车现象，短期内穷人对富人的权利要求很难达到，但长期内将会发生。中国历代王朝因为贫富分化太大而导致制度的周期性变化，无数次证明了这一判断。即使在短期内，穷人权利的丧失也会对富人的福利造成影响。一个基本的例证就是无事生非，富人安全成本将会相应增加。因此，富人的主动让步应该是明智的选择。问题是富人都具有前瞻性眼光吗？再者，这种让步能实现吗？

在此不对穷人集团的内部博弈做进一步的分析，而将重点放在富人集团内部的利益分配上。

二、富人集团与富人集团的博弈

虽然，根据多次重复的囚徒困境模型，富人集团与穷人集团都采取合作态度（投桃报李），困境便可以突破。但是，只有在长期内，而且必须是在一个制度长期稳定的条件下，两者才可能合作。在收入分化已经对制度稳定造成了严重的冲击之时，问题的解决需要一个短期内有效的措施，这依赖于富人集团内部的谈判。

出于长远的考虑，富人集团为了避免由于穷人集团的“无理”行为而形成的双败局面，应该主动地放弃部分权利而将之转移到穷人手中。这未必是富人集团的一致行为，因为个人理性是集体行动的必要条件而不是充分条件，在这个集团内部仍然存在着搭便车现象。为了达到集体行动的一致，富人集团内部需要进行谈判。

富人内部的博弈，类似于一个俱乐部内的斗争，可以定义为一个斗鸡博弈。集团成员之间的行为以内部规则加以规范,大多数成员考虑到与穷人合作的必要性,并对那些试图不参与集体行动的成员实行惩罚,如逐出这个集团等,并在以后的交易中不再与之进行合作等。或者对参与集团统一行动的人给予激励,如捐款的道德说教等一些非正式规则的使用。

如果把富人分为不同的类型,则可以更好地透析富人集团之间难以进行财富转移的理由,这一状况在转型的经济体内更是如此。为了简便,可以把富人分为勤劳的富人和权贵,分类的依据是其取得财富的方式,因为取得财富的方式不同,其与权力的结合就不同。而这在谈判的时候会陷入如下的一种境地:以勤劳获利的穷人认为自己在财富取得过程中遭受了不公平的待遇,因而获得财富的成本很高。在法律没有对私人产权进行确定性的保护之前,这部分财富随时都是无主之产。在市场化的过程中,这部分财富应该是经济增长的源泉。而权贵的财富是通过政治权力和政府的垄断而获得的。在下面的分析中,我们会看到这部分垄断的收益,随着市场的扩大和外部力量的冲击,会变得越来越少。勤劳的富人和权贵在谈判的时候,仍然处于不平等的地位,前者依然是小集团。双方博弈的结果类似于前面分析的穷人和富人的博弈。如果不得不对穷人做出让步,权贵可能会通过政府的力量来强迫勤劳的富人增加纳税的额度等。如果将市场化进程比喻成一席宴会,那么这些富人就是厨师。博弈的结果可能会形成"厨房效应",即厨师都打跑了,筵席也泡汤了。

因此,这种内部的表决需要超越财富的一种强制力才能施行,显然不借助于外力这一过程难以完成。

三、市场自我解决的不可能性总结

收入分配不公不可能通过市场自我解决,这是老生常谈了。在经典的微观经济理论中,市场失灵理论已经解释得非常清楚了。此处将收入分化纳入制度僵滞的框架下进行讨论,是换了一个视角,并且放在一个动态的平台下进行研究。这暗合了经济理论对经济现象的解释都是殊途同归的观点。在不考虑政府和外部力量加入的博弈框架下,制度僵滞的状态可能会在穷人博弈、不同富人之间的博弈中维持。维持的结果是经济增长停滞、财政危机加剧,反过来又会加剧收入分化的程度。如此一个恶性的循环使得经济陷入自我锁定状态,并且逐步萎缩。如果时间持续足够的长,所有集团的福利都会受到损失,最后极有可能进入公共悲剧状态。政府的出现,从某种意义上讲就是为了解决公共的悲剧。在下一节,我们将会探讨制度僵滞时期政府的作用。我们并不能保证政府一定会解决制度僵滞状态,因为如果从本质上讲,政府的出现、规模大小或者其职能的执行都是不同利益集团博弈的结果。政府并不天然就是公正的。我们所要探讨的是在什么情况下,政府在不造成公共悲剧的前提下,如何通过政策的调整来促使经济走出制度僵滞状态,从而使得制度创新开始,经济增长加快,财政收入增加,财政危机解决,市场与政府在合作博弈中共同提升效用水平。

第三节　政府与制度僵滞

虽然很多人以理性建构会导致独裁为由并不认同强制性变迁,但是穷则思变,政府为了挽救财政危机而进行变革实质上是一种自救的行为,是符合逻辑的。这种逻辑的出发点之一便是政府理性人的假定,财政危机将政府处于一种危险的境地。一般来讲,没有外部的力量会主动地解救原有的政府,除非政府承诺未来权利的大幅让度。因此,自救是政府最理性的操作。展开来讲,政府是风险最小化的,其最理性的做法不应该是主动地进行强制的制度变迁,而应该是顺应诱致性变迁的趋势,通过强制手段来承认诱致性变迁的结果。

尼尔森(Nelson,1990)和威廉姆森(Williamson,1994a)认为危

机诱发政策变革,或者说危机是改革的必要条件。经济危机似乎或者推动或者立即引发了经济改革,这一点是关于改革问题新常识的一部分(Tommasi and Velasco, 1996)。而在罗德瑞克(Rodrik, 1996)眼中,改革是危机的必然结果,这一点就像有火必生烟一样不足为怪,穷则思变已经成为老生常谈①。

前面的分析已经表明在制度僵滞状态下,市场是完全失灵的。政府的自救是不是可以打破危机呢?本节的逻辑是这样:先假设政府是一个局外人,通过税收与转移支付的手段来应对收入分化;其次,将政府视同一个富人利益代表,其与富人妥协;② 最后,考虑到内部难以解决的背景下国际间政府的竞争。在第四节还会突出权威在制度僵滞中的作用。

一、作为局外人的政府与财政危机时的两难选择

在公共经济学中,将税收与转移支付看作一个解决收入分配不公的重要工具。此处假设政府是一个局外人,并且认为政府的行为是没有交易成本的,至少说政府是可以做到令行禁止的。

即使不考虑政府面对的特殊利益集团的阻力,单纯的这种变革也会使政府陷入一种两难的选择。

制度僵滞的重要标志就是财政危机,财政作为一种产权分配的工具,通过产权的转移可以部分地解决收入分化。公共经济学的一般观点认为通过累进所得税可以取得"杀富"的效果,通过转

① 穷则思变是个常识,但是否政府财政出现危机之后就立即进行改革? Allan Drazen(2000)认为,变革不一定非要在危机时进行,而很可能被推迟到一个较为有利的时机。他用一个例子来支持这个论断:只有在下雨时才意识到屋顶漏雨,是会在下一个晴天修缮它还是会在下一个雨天再犯愁?这个例子可以继续向下推论,如果雨下得足够大,如果再不修缮的话,等不到晴天房子就塌了,修还是不修?因此,Allan Drazen的观点在危机并不严重的时候是成立的,当危机足够严重时,则不成立。当然,理想的状态是未雨绸缪。政府的目标是短期的,当财政状况不好的时候,长期的制度建设是不现实的。当财政状况良好的时候,政府是不是就考虑长期的目标呢?答案是不一定的,只能说是这种可能性增大,但具体的操作还要视政府或者领导者的行为偏好以及契约对政府的激励与约束程度等而定。

② 将政府看作富人的代表是一种学说,但这种意识形态决定论不能作为严谨的学术研究的基础。

移支付制度可以起到“济贫”的效果。这里的假设是:杀富与济贫,特别是杀富是不会遇到或者极少遇到阻力的。政府作为一个局外人,通过财富的转移,轻松地解决了收入分化的问题,这是一个理想化的结局。

这种假设是不符合现实的,即使假设它是合乎逻辑的,政府在制度僵滞的过程中也面临着两难的选择。这种两难表现为短期的财政危机加重与长期的财政盈余的矛盾。图 4-4 的 J 曲线效应明示了这种矛盾。

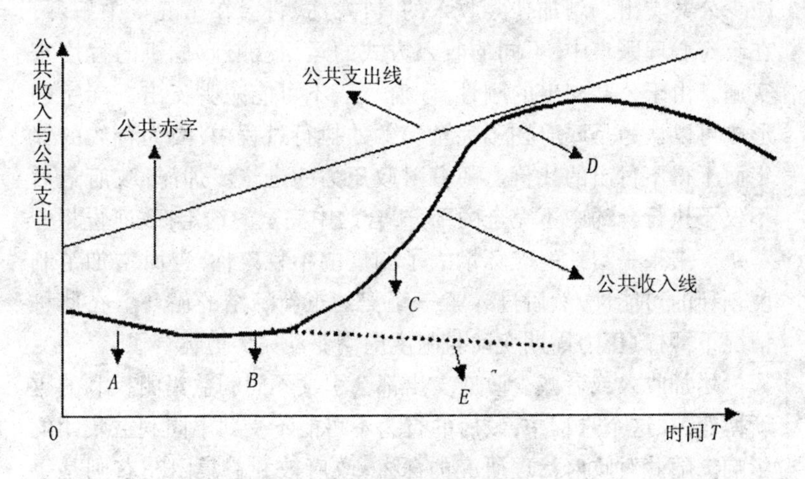

图 4-4　政府改革的“曲线效应”

假设制度僵滞时期政府的财政状况为 A 点,政府进行的改革可能会出现两种情况:一种情况是形成 D 点的结局;另一种情况是形成 E 点的结局。前者是财政压力减小,甚至财政平衡;后者是财政压力增大,制度僵滞程度加深。不管是出现哪种情况,政府的财政都会经历 B 点所述的情况,即短期内财政压力增大,因为政府的改革是需要付出代价的。一个简单的例子就是奉行凯恩斯主义的政府在政策的实施初期,无一例外地会增加债务的负担。

理想的公共政策是取得 D 点的结局,这是短期的政策操作与长期的制度建设相结合的情况,但是这种理想的结局并不总是能够实现的。政府通过税收与转移支付分配的做法如果不能建立在社会财富增加的基础上,财政压力是不会减缓的。

这一过程类似于汇率调整后国际收支变化中的 J 曲线效应。我们关心的是当政府财政处于 B 点时,其行为的选择。财政恶化给政府增加了极大的心理成本,为了解决财政危机,政府只能追求短期的政策操作。选择的方法无非有二:一是增加公共收入;二是减少公共支出。增加公共收入的具体方式将会在第五章中解释,在政府心理账户中,不同的收入方式的运用视财政危机的程度来实施。由于公共支出的刚性,政府一般不可能减少支出。赤字的形成可以认为是政府在不完全契约的执行过程中,因为合约的锁定而不得不付出的代价。随着财政压力的进一步加深,政府最后不仅不执行合约中不完全的部分,合约中完全的约定,政府也将会背叛。结果是契约的破坏增大了制度的不稳定性,进而增加了制度创新的可能性,然后进入了一个契约重新缔结的循环。在此种情况下,财政压力周期变动与制度周期变动完美地契合了。

增加收入或者减少政府支出都会引发不同利益集团权利的重新博弈,在这个过程中,政府的行为不可能不受到不同利益集团的影响。随着对政府治理研究的深入,政府被利益集团左右则是事实。这表现为政府与富人妥协或者说是政府被俘获,在转型国家中此种状况更为突出。

二、与富人妥协的政府

政府被利益集团左右,一般可以通过院外集团的理论来解释。因为政府对权力的垄断,官员在寻租的过程中,会将手中的权力与院外集团进行交换。前面提到的穷人集团没有资本与政府进行交换,这使得政府与富人天然的关系密切。现在比较流行的理论是用政府俘获理论来解释政府解决制度僵滞问题的困难。

（一）政府俘获

"政府俘获"(state capture)是指企业通过向公职人员提供非法的个人所得来制定有利于自身的国家法律、政策和规章的企图。在转型国家就是所谓寡头政治在制定政策，甚至在为自己制定游戏新规则时所起的作用，它们在这方面享有巨大的优势。企业通过某种机制来试图形成由国家制定的决策，以获取独有的优势，其手段通常是设置不利于竞争的壁垒，目的是以高昂的社会代价创造出高度集中的利益。这些企业会利用其影响来阻止可能会消除这些优势的政治改革。

海尔曼、琼斯和考夫曼(Hellman, Jones and Kaufmann, 2000)[①] 的研究表明，高俘获国家的政治体制大多具有权力集中程度较高和对政治竞争有所限制的特色，而在推行更大范围经济改革的国家，政府俘获指数较低。此外，无论经济改革的速度如何，在那些公民自由程度较高的国家，政府俘获都发生了明显的减少。对于俘获者企业[②] 而言，从长期业绩来看，行政上的行贿为企业提供的有形收益并不多，反而政府俘获能为俘获者企业提供某些方面的巨大收益。在高俘获国家，俘获者企业的增长速度是其他企业的两倍，在低俘获国家则无优势可言。在高俘获国家中，俘获者企业能享有特殊的权益，而这些国家中一般企业的增长速度还不到低俘获国家中企业增长速度的一半。这充分说明，在高俘获国家中，俘获者企业所获的私利是以巨大的社会成本为代价的。

---

① 来自于《商业环境与企业业绩调查(BEEPS)》的数据分析。该调查是由世界银行和欧洲复兴开发银行共同进行的。调查数据的获取方式是于1999年底在22个转轨国家中进行的面对面访谈。在绝大多数国家，访谈的对象是125～150个企业的经理和所有者，在波兰、俄罗斯和乌克兰采用了较大的样本(分别是250、550和250个企业)。为了代表各国企业中的人数，样本的设计是随机的，对企业的规模和所有权则有限定(见 Hellman, Jones and Kaufmann, 2000)。

② 指那些为了影响法律和规章的内容而行贿的企业。

(二) 政府俘获的成因

政府俘获现象，是与国家官僚体制(bureaucratic institutions)的质量和效率分不开的。在社会转型过程中，一个庞大、落后、低效的官僚机制使得国家成为一只“掠夺之手”，它在为政客和官僚的独家利益从经济中掠取不当利益。这导致了许多经济上的低效率现象，包括软预算约束、短缺、通货膨胀等。

关于官僚体制的研究，最先研究的是威廉姆森，他研究了官僚阶层体制的低效率。随后让·梯若尔(1986)把共谋概念引入官僚阶层体制。一般认为，官僚体制的重要特性是阶梯型的，上级可以指挥下级。但是梯若尔认为，在官僚体制中，不仅上级可以指挥下级，下级之间也可以共谋来欺骗上级，所以，上级在设计改革方案时必须考虑到下级共谋的可能性。在一个经济组织里有两种权威：一种权威是来自于上级对下级的正式权威，上级可以指挥下级，上级看到下级的某种行动之后，可以进行惩罚或者奖励；还有一种权威是非正式的权威，下级掌握信息，可以操纵这个信息，从而使得下级对上级造成威胁。

李道葵(2002)的研究表明，与政治家要对选民负责任并致力于提高社会福利不同，官僚或者说是政府公务员，这部分人是终身制的，他不用对老百姓、对选民直接负责。在一个比较稳定的经济体里，这部分人的位置是稳定的。如同梯若尔的理论一样，这些官僚由于手中握有的大量信息，而对政治家产生一定的威胁。这就使得在每个国家中有一个稳定的中层官僚阶层，他们利用手中掌握的国家权力为自己攫取巨额非正常收益，但是在自上而下的政治改革中，政治家们却不得不通过“收买”官僚来维护国家的稳定。也就是说，官僚的合作非常重要，因此要想办法给官僚提供激励。除了信息不对称造成的非正式权威这一根本性原因以外，还有两个很重要的原因：

首先，在制度变迁的过程中，官僚的技术性支持是不可或缺的。许多改革措施都必须由官僚来实施。以中东欧和前苏联的大规模私有化为例，所有具体的运作，包括核算国有企业的账面价值、发行私有化认股权证等都是由官僚来执行的。撇开激励问题不说，各相关部门的在位官僚是实行改革所需的最廉价的人力资源，因为他们掌握了相当的信息，具备相应的管理技能。

其次，任何政治家包括从事改革的政治家只有有限的政治资本，他必须为改革获得充分的政治支持，而在位官僚有娴熟的政治手段，一旦引起他们的不满，就有可能给改革制造难以克服的障碍。在改革的过程中，由于信息的不对称，上层的领导人必须要依赖地方官僚和机构官僚的合作，在合作的过程中，改革者必须给在位官僚提供一定的激励。实践经验表明，在转型的发展中国家，一个庞大低效的官僚机制会成为政治体制改革的严重障碍，而且这种障碍在没有外部剧烈冲击的情况下，不易被打破。

此外，信息披露的不完全、法律规则的不完善、监督和激励机制的缺失等，都是造成“政府俘获”的重要原因。

（三）政府俘获背景下的制度僵滞难以打破

如果将这里讲的政府俘获与前面提到的富人集团、穷人集团相结合，便可以认为俘获者企业就是权贵集团，而普通企业则可以划为勤劳的富人集团一列。权贵集团通过对政府的俘获，其利益的增加不仅体现为销售额的快速增长，还体现在基本公共品的提供上，如对产权的保护等。权贵集团可以克服法律条文的障碍，方法是用“点菜”的方式向国家购买对其产权的个人化保护。在高俘获国家，俘获者企业改善对其产权进行保护的可能性，要高于其他企业数倍。作为代价，高俘获国家中普通企业的不安全性要远远高于低俘获国家。而且，一旦某国陷入了政府被俘获经济的陷阱，外国直接投资还会使问题进一步恶化。

这种俘获经济对长期经济发展的危害非常大。为了在一种扭曲的环境中竞争成功，充满活力的新企业家具有强烈的动机将其聪明才智用于俘获国家,而不是开发和创造新产品或新方法。俘获型经济奖励的是关系而不是能力,是影响力而不是创新。它的推动力是私人对政治的投资,这将削弱国家和阻碍对公共品的提供。同时,俘获系统性地阻碍了私人投资(包括国内和国外投资),为中小企业的进入设立了障碍,破坏了可持续发展的关键资源。

因此,在政府与富人妥协的背景下,政府促进收入分化的举措并不会使得富人减少其财富。最可能的结果是勤劳的富人集团被迫捐赠出财富,这样的做法极有可能导致前面分析到的"厨房效应"的出现。

前面的分析是在一个封闭的框架内进行的,我们并没有考虑开放的背景下利益集团的博弈。当一个经济体内因为垄断导致的制度僵滞而内部无法解决时,政府往往会被迫寻求外部的力量。而其他的政府也获得了与其进行谈判的优势地位,这时候政府对外部力量最大的需求就是增加资金的投入,以便迅速地弥补财政赤字。一般的做法是借外债,再就是吸引外资,最后是将垄断的市场部分地出让给外国投资者。

三、外来的挑战:制度竞争与社会福利的提升

在内部制度陷入僵滞状态时,有足够力量的外部冲击是打破这一锁定状态的惟一途径。奥尔森(1993)在《国家兴衰探源》中详细阐述了这一观点。开放的市场调节的经济带来了自主权、可行的私人产权和竞争市场的协调能力,从而保证了持续的经济增长。在制度变迁完成了一个周期并重新开始的时候,新的制度僵滞仍然需要外部的挑战。以世界贸易组织为例,它不仅有对国际贸易和要素流动的被动反应,而且还有为更好地竞争市场份额和动员生产要素而对现有制度进行的主动调整。事实证明,全球化已经导致了制度竞争(Wolfgang Kasper & Manfred E. Streit 1993)。

通过引入外部的竞争因素,以前开放不够的经济系统的开放,制度必须相应地改变,权势集团就会失去舞台。富人中阻碍制度变迁的特殊利益集团就必须放弃对公有资源的占有，减少寻租活动。跨国贸易和要素流动中较低的运输成本、通讯成本和交易成本在总体上增进了开放，削弱了院外游说和制度僵滞的程度。同时，市场化的扩大有力地激励了人们投入信息成本，并奖赏一般性的规则。在一般性的竞争中，穷人集团增进了土地、资本和劳动的占有，从而改进了与富人集团谈判中的地位。在集团与集团的博弈中，可以争取更多的权利，从而缓和收入分化的不利局面。

在外部冲击下，也可能会出现与我们增进公平的目标相反的结果。如果外部势力与国内的特殊富人阶层合谋，收入分化程度可能更会加大。不过从历史上一些国家的开放经验来看，基本上不会存在这样的事情①。做出这样判断的一个基本理由就是开放促使市场化程度的加深，资源配置更加合理，蛋糕继续做大，因为我们的目标是在效率提升的前提下分配公平。经过较长的一段时间，民众谈判实力的加强具有极强的外部性，在一定程度上给富人集团从公共悲剧的悬崖边上退到安全地带准备了时间和空间。

虽然博弈论证明了合作是最优的，自由贸易有利于不同国家之间福利的提高。但是在现实中，一个国家在内部僵滞状态下的开放意味着政府与政府之间的谈判是不平等的。在财政危机的时刻，政府往往是采取风险最大化的选择，在寻求外部资金援助的时候，往往也是走投无路的时候。不明智的政府往往将其认为是毕其功于一役的做法。在政府的心理账户中，政府往往是以未来的收益作为交换的。他一般会采取不同于国内契约的形式，也就是一种超国民待遇，短期内这种待遇对于财政危机的解决是有利的，而长期内则可能会产生一种依赖。外部资金所追求的是非正常的高利润，因为跨区域的投资如果是在一个非统一主体的主体内，其风险将会超出一般。特别是在新兴的国家，产权的不完善，以及对

① 一个例子是马来西亚20世纪70年代和20世纪80年代改革的故事。另一个故事是明治维新之前的日本开放。

国际投资收益的限制，都决定了国际资本所追求的大多是短期收益的最大化。随着国内财政状况的好转，原来契约规定的条款已经开始与现实不相适应，政府会努力地寻求有利于自己或者增加本国福利的契约。契约的重新修订需要各方的重新博弈。如果续约不成功，外部资本极有可能撤资，结果将会导致后果极为严重的“拉美化”；如果政府通过资本管制对资本撤走进行严厉的惩罚，则可能会对其未来的信用造成极大的损害；如果政府再一次陷入财政危机，则通过外部的资金进行拯救将会困难重重。

第四节　制度周期变动下的权威

奥地利经济学家对宏观经济学的观点，是关注个人决策的集体性结果的总量。正如门格尔（Menger. Carl, 1871）所教导的，其因果关系必须从个人到集体，而绝不是相反方式。维塞尔（Wieser, Friedich, 1889）在将制度理论与经济分析相结合的协调一致的努力时，关注的是经济福利的集体目标。他赞同个人主义的观点，反对集体主义的观点，因为制度一旦融入社会结构之中，就成为经济分析过程的一部分，这样它们就构成了对个人决策的限制。每个个人遵从制度所产生的限制来最大化其效用，这些制度是人类个人行为的集体结果，虽然由个人行为所产生或毁灭，但获得了以被人认识到或未被认识到的方式限制个人行为的力量，而且这些限制成为一个社会的“自然控制”。真正的自由在于认识到这种控制是进一步发展、进步与稳定的基础。然而，如果社会处于暴君的统治之下，这些“自然控制”会产生分歧与压制。因此，领导是一个重要的社会特征。①

① 罗伯特·B.埃克伦德、罗伯特·F.赫伯特：《经济理论和方法史》第四版，中国人民大学出版社 2001 年版，第 254～255 页。这是转述作者对维塞尔关于领袖理论的阐释。

维塞尔认为，领袖表现出经济政治和道德等方面独创者的品质，因为进步是创新精神与创新活动的结果。竞争是一种对抗性的过程，领袖[1] 发挥着关键的作用，这一过程理所当然是不公平的。领袖是那些具有超常能力和创造性的人，他们擅长利用竞争过程来实现其自身的目的。在熊彼特的理论中，自利的效用最大化的个人行为循着完全可以预见的路线创造和改变了制度，而这些制度限制了未来的经济行为人，直到前瞻的、创造性的领袖能够再一次打破现存模式并变革制度。

上述的论述实际上将制度变迁中领导者的行为进行了考察，本节需要论证的是权威在财政压力周期变动下的形成、退出以及如何作用的机理。

一、权威的形成

在制度僵滞之时，需要一个人站出来打破现状、承担风险，这种风险是以可能获取的高额收益为前提的，这个人可以称为权威。不同的行动集团在制度变迁的过程中都会推举自己的代表成为集体行动中的权威，惟该权威马首是瞻的结果是该集团获取超额的收益。但是，权威的出现并不是一个简单的过程。

对大部分民众来讲是希望权威出现的，权威间真正的斗争是在少数人之间进行的。

(一) 权威形成的基本模型[2]

权威的形成就是一个分散决策转向集中决策的过程，也是一个利益重新分配的过程。在该过程上，可以用下式表示：

$$M = n \cdot f - (N - n) \cdot h$$

其中，M——选票

n——新权威当选后受益集团中的潜在投票者

① 维塞尔在此处所讲的领袖具体指的是企业家。考虑到企业与政府的相似(Coase, 1960)，企业家理论与政府领导者的理论在很大程度上是可以互相贯通的。

② 该模型以 Radmilo Pesic and Branislav Boricic (2004)的模型为基础进行了修正。

f——受益集团中成员投票的可能性

N——潜在投票者总数

h——受益集团之外投票者投反对票的可能性

在该模型中,权威的目的是最大化其选票 M,在这个过程中,受益集团与受损集团都会面临信息成本和交易成本。所以 f 和 h 都在 0 和 1 之间,但既不会是 0,也不会是 1。即:

$$0<f<1, \quad 0<h<1$$

支持者的概率依赖于其从权威者处转移到的财富 T,减去其自愿奉献的或被敲诈的财富 K,减去每人为政权的保护付出的成本 C_n 的大小。

如果不考虑财富转移的效应,那么整个的所得将会等于所失。因此,

$$g=\frac{T-K-C_n}{n}$$

反对者的概率根据每人的受损 d 得出,它等于财富的转移 T 与每人的反对成本 Z_{N-n} 之和。Z_{N-n} 指的是因为罢工、失去工作、政治组织的成本等所有的金钱和非金钱的成本。

$$d=\frac{T+Z_{N-n}}{N-n}$$

f 由 g 决定,g 越大,f 越大。h 由 d 决定,d 越大,h 也越大。

因此有,$f_g \geqslant 0$, $h_d \geqslant 0$。

为了与斯蒂格勒—帕尔斯曼(Stigler - Peltzman)模型保持一致,可以假设,

$$f_{gg}=\frac{\partial^2 f}{\partial g^2}<0, \quad h_{dd}=\frac{\partial^2 h}{\partial d^2}<0$$

这意味着收益与损失都会减少回报。对于权威来讲,继续通过转移财富的方式来保持权利,将会减少统治的绩效。

同时,成本函数 C_n 与 Z_{N-n} 随着 n 与 $N-n$ 递减,意味着政治理念的支持者越多,权威的树立更容易或者更便宜。

$C_n<0, Z_{N-n}<0$($C_n \neq 0$,是因为不可能所有的人都会支持权威)。权威会通过转移财富 T 努力使 M 最大化,重新转移的财富 K、受益集团的规模 n 被视作辅助变量。因此有,

$$\text{Max}M = n \cdot f\left[\frac{T-K-C(n)}{n}\right] - (N-n) \cdot h\left[\frac{T+Z(N-n)}{N-n}\right]$$

对 T, K 和 n 求 M 的一阶偏导数,则有:

$$M_T = \frac{\partial M}{\partial T} = nf_g - (N-n)h_d = 0$$

$$M_k = \frac{\partial M}{\partial K} = -nf_g = 0$$

$$M_n = \frac{\partial M}{\partial n} = f(g) + h(d) - f_g(C_n + g) + h_d(Z_{N-n} - d) = 0$$

此处可以对反对成本做一个补充假设,即利益集团之外的人越多,政治阻力成本越小。然而,事实是让社会所有成员去反对权威是不可能的,所以反对成本不可能为零。因此,

$$C_n = \frac{\partial C(n)}{\partial n} < 0, Z_{(N-n)} = \frac{\partial Z(N-n)}{\partial(N-n)} < 0$$

因为 $n \neq 0, N \neq n$,

所以有 $f_g = h_d = 0, f(g) = -h(d)$。

在权威看来,财富转移的最优水平是支持者的边际可能性与反对者的边际可能性都等于零,但这是不可能的。

权威的另一个政治目标是最大化自愿转移的财富或者最大化敲诈金。如果他认为政治潜在的变化可能性很低,反对者没有可能赢得选举,其最基本的兴趣将会转向 K。运用反函数规则,我们可以得到:

$$K_M = \frac{\partial K}{\partial M} = -\frac{1}{nf_g}$$

因为 $-\frac{1}{nf_g}\neq 0$, $K_M\neq 0$,因此权威也无法最大化其敲诈金。

M 和 K 最优化都不能达到。也就是说,如果权威只是依赖将财富转移给支持者,其权威将具有政治不稳定性。权威的选择要么是用其他的方法来保持权力,特别是加强极权主义的独裁,要么最终失去选票。

(二) 斗争与收买:权威形成的两种基本方式

上面的模型简单地描述了权威的形成过程,也就是如同一个由软的独裁(soft autocracy)向硬的专制(hard dictatorship)转变的过程。这个过程其实是不同利益集团斗争的结果,必然会导致公共政策的变化。前面所讲的权威的形成可以概括为两种基本的方式:一是收买;二是斗争。如果用温特罗布(Wintrobe, 1998)的观点讲,则是压迫和购买忠诚。

压迫和忠诚这两个变量之间的关系比较复杂。它们都要耗费独裁者的资源,所以独裁者有一个"权衡"的问题。它们也不是相互独立的,压迫的程度影响着忠诚的提供。压迫增加时,公民若不忠诚于政府,其风险会增加,而相应的回报会减少。

这里,我们借用温特罗布的做法,将根据这些变量关系,将权威分成几种不同的类型。权威最理想的做法就是将其预算除了确定其自我消费外,应该将剩余的部分按照用于斗争与收买方面的边际产出率相等的原则进行安排。此处所讲的权威的个人消费与其对权力的偏好是有直接关系的。我们用图 4－5 来表示权威的不同类型。

一类是权威对个人消费的偏好强于对权力的偏好,他可能满足于刚好能够维持统治的最小权力,而将省下的资源用于个人消费。压迫和忠诚都低,此谓"廉价权威"。慈善的权威以荣誉为至上的原则,真心关心国民福利,能够获得很多的忠诚。而如果主要是依靠斗争形成的权威，则称之为暴力权威。最极端的极权主义权威，斗争激烈，忠诚度也很高。

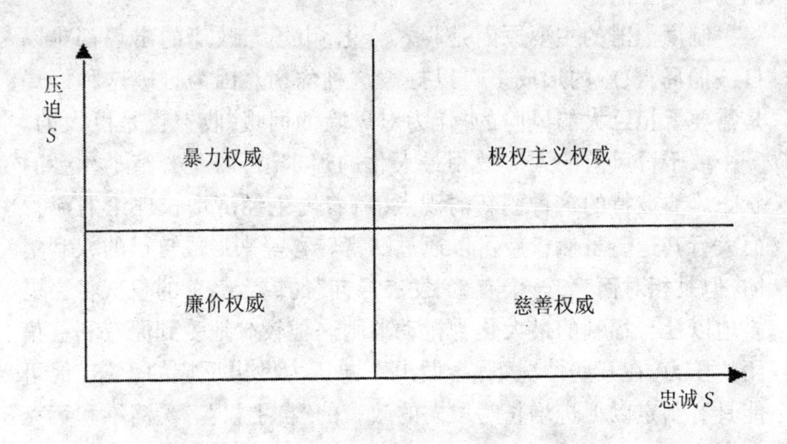

图4－5　权威的类型

权威的不同形式在形成的过程中，对政策的改变影响极大。托尼尔(Tornell, Aaron, 1998)从历史学家和社会学家对结构改革的研究出发，指出重大的结构性变革或改革是由既得利益集团或精英集团自身诱导产生的，而不是特权精英们之外的外部力量强加给精英集团而产生的，这是“源于内部的改革”。权威的出现实际上是一个争夺资源的过程，特别是对产权的争夺。只有掌握了大多数产权的人才可能成为权威。在后面，我们将会看到不同的权威形成过程对于政策变化的影响。

二、权威的作用——交易成本政治学的视角

(一) 权威的强制签约

权威的出现对于经济福利的影响，一直存在着极大的争议。通常的结论是权威的形成容易导致独裁，而民主是与经济的自由发展相适应的。我们在第七章集中决策下的内在一致性问题中将

会具体讨论民主与经济增长的关系。这里的主要目的在于指出制度僵滞时期权威存在的必要性,这种分析是建立在政治交易成本的基础之上的。

制度僵滞的主要原因是收入分化,市场与政府的出现都难以打破僵局,权威的形成多可以打破这种均衡。因为打破这种僵局是需要承担巨大的风险的,作为对风险的回报,收益也是巨大的。一个敢于冒风险的人对效用最大化的追求,可以改变整个社会的状态。熊彼特的这种创新的观点,随着内生经济增长理论的流行而大行其道。虽然权威可以通过财富转移等来形成自己的权利集团,但是相对而言,一个有着“发展导向”的或者慈善的权威将会更多地以社会福利的最大化为行动准则。他较少地受到原有利益集团的压力,在某些情况下,会做出不向压力做出反应的承诺,他可能具有制定以促进增长为取向的政策的“自主权”。希洛维和英克利斯(Sirowy and Inkeles, 1990)认为,某种程度上权威的出现对这种自主权至关重要。

樊纲与胡永泰(2005)在对体制转型最优路径理论与政策的讨论中指出,由于缺乏明确而正确的改革目标,缺乏对问题的正确而系统的理解,因此并不知道某些改革的重要性,甚至不知道问题的根源在哪里,哪些是真正需要改革的,结果就容易出现混乱。在有的情况下,由于领导层有较清晰的改革目的和较强的政治魄力,能够及时打破利益僵局,改革就容易展开。而在另一些场合,由于领导层本身缺乏改革的决心和明确的目的,改革自然就容易滞后。这可以看作是从另一个角度对权威运用自主权进行的论述。

权威在制度僵滞的时候出现,一个很重要的理由就是交易成本的减少。制度僵滞可以认为是由于不同的利益集团难以达成一致而导致的经济停滞,根本原因就是交易成本太高。权威的出现,集中的决策可以极大地减少交易成本,从而促进制度的创新。将经济政策的制定放在交易成本政治学的框架下研究,被阿维纳什·

K.迪克西特(Avinash K. Dixi, 1996)称为交易成本政治学,其核心是政治过程中的参与者有自然的内在驱动力,以减少那些交易成本或最小化他们的影响。在交易成本政治学中,以合同作为分析的基本单位,制度僵滞的本质就是要求财富转移的合约无法达成。虽然谁来监督监督者、对权力的滥用等都是权威制度本身难以克服的痼疾,但是权威的强制毕竟保证了合约的实施,相对于未达成的合约,交易成本节省了。

自由签约是市场的基本原则,这决定了政府强制签约的最优选择时机就是制度僵滞之时。当然,强制签约未必会使得经济走出僵滞状态。如果制度从僵滞走向创新,那么强制的签约就显得不合时宜。权威的身份是不是应该改变呢?

(二) 权威的退出

在第三章中我们讨论了权威的生命周期与政府生命周期的关系,提出了权威生命周期变动的几种形式。放在制度变迁的框架内,可以设定一种理想的权威行动路径。在制度僵滞时期,权威出现;制度创新之后,权威退出。现实的经济运行中,这种理想的状态基本上难以实现。

原因之一,权威打破了制度僵滞状态,经济增长,财力充裕,权威执政的资本增加。与制度僵滞初期巨大的风险相比,分享制度创新的收益对理性的领导者来讲是顺理成章的事情。

原因之二,权威的形成是通过斗争形成的,退位后的领导者会处于原来竞争对手的恐吓之下。

原因之三,出于模糊面纱和冷漠无知的考虑,大部分的民众对于民主与独裁并不关心。其关心的是稳定的预期,而领导者的频换变更并非其所愿。

因此,权威持续执政就会成为一种常态,这就会产生政策执行时的矛盾。一般来讲,制度僵滞时期,权威的政策就是考虑短期收益最大化的,是风险追逐性的,也就是说“沉疴用猛药”,反映在政府的心理账户上就是透支未来的收益来弥补现在账户的赤字。财政赤字造成的巨大的心理成本，使得权威没有能力来考虑长期的制度建设。因为，短期的政策如果不能见效，权威是不可能取得继续执政的基础的。这样操作的结果是，短期的政策操作和长期的制度建设的矛盾的产生是必然的。

另一方面，权威的形成与继续执政会形成新的利益集团。制度创新、制度均衡时期的收益率会逐步下降，权威不可能再获得以前的超额收益，于是其创新动力减小。新的利益集团取得了垄断利益，社会的贫富分化重新开始，制度周期变动重新开始。

一般来说，这样的过程是难以改变的，从一个更长的时间来考察更是如此。但是，仁慈权威的出现可以使制度创新向制度僵滞的距离拉长。在这里，仁慈的权威定义为主动的退位、不作为少数特殊利益集团的代言人等。

第五章　财政压力周期变动下的短期政策操作

前面四章主要是在一个制度变迁的框架内讨论了政府在财政压力周期下的行为,特别是在以财政危机为主要表现的制度僵滞时政策的路径选择问题,属于一种经济理论的演绎。从本章开始讨论政府在财政压力变动时的具体行为。财政压力的波动是一个周期的过程,我们将财政危机作为这个周期的一个起点。政府在危机时候的行为首先是一种短期的政策操作。通常来说,以解决财政危机为目标的短期政策操作总是被经济学家指责,因为这是一锤子买卖,没有考虑长期的制度建设。我们将会论述政府的行为具有很强的外部性,这种外部性可能会与长期的制度建设相耦合,特别是与市场化建设的运行相一致,当然二者的冲突也不可避免。

本章引入了政府心理账户的概念,并分析了公共收支的性质与政府行为的关系,目的在于搞清楚政府面对财政压力时公共政策操作的次序。在此基础上,论证了政府通过内部与外部力量解决财政危机,进而导致财政压力周期变动的运行机理。

第一节　政府的心理账户

心理账户是行为经济学的概念,在金融学的研究中已经被广泛运用,将其运用到政府行为的研究基本上还处于一种尝试状态。其中原因作者已经在前面有所涉及,但那是专门针对行为经济学的分析。行为经济学中所讲的心理账户的核心是收入具有不可替代性。收入来源的不同、花费的不同以及核算频率的不同,都会影响到决策者的行为(Thaler,1980)。在财政压力变动之时,政府的行为与权威的行为往往是一致的,因此,在个人主义的方法论中,将政府行为的研究引入心理账户的框架从逻辑上是讲得通的。更深层次的理由如下:通过本书所一直贯穿的不完全合约的理念,将个人的心理账户和政府的心理账户建立了互动的联系。这种联系需要从财政幻觉谈起。

一、财政幻觉

对个人心理账户的研究随着卡尼曼和特弗斯基(Kahneman and Tversky,1981)、泰勒(Thaler,1980)等人的开拓和传播,已经被经济学家们广泛接受。但是如何通过合约的传导关系,将其运用到对政府行为或者说公共政策的研究中进行探讨的人并不多。如果溯本求源的话,对财政幻觉的研究可以看作是这一尝试的开端。财政幻觉(fiscal illusion)假说认为,由于财政收支过程的混沌性产生的对税收负担的错觉,投票者——纳税人往往低估税收价格,导致对公共产品的需求增加,以至于支持了较高的公共支出水平。它可以追溯到约翰·斯图亚特·穆勒(John Stuart Mill)。穆勒认为,相对于直接税,纳税人系统地低估间接税的税收负担,财政幻觉会导致"过多"的公共支出(Tyran and Sausgruber,2000)。

自从财政幻觉概念经过埃米尔凯尔·帕维安尼(Amilcare Puviani)的引导进入了现代财政学的研究范围之后(布坎南,1992),公共支出规模增长的原因就得到了有力的解释。布坎南和瓦格纳(Buchanan and Wagner,1977)认为,以举债代替当期税收融资降低了投票者对政府产品和服务所感觉到的价格,因而投票者对这类产品和服务的需求也就增加了。尼斯坎南(Niskanen,1978)将美国联邦税收收入与联邦支出的比率作为衡量财政幻觉的变量,运用美国1947~1967年的相关数据进行时间序列分析,对布坎南和瓦格纳的观点提供了经验支持。

当然,对财政幻觉的假说还存着很大的质疑,比如说皮考克

(Peacock, 1987)认为,关于债务幻觉假说的证据远未定论,尼斯坎南实际上并没有直接检验布坎南和瓦格纳的观点,财政幻觉尚有许多方面需要加以研究。希巴塔和克缪勒(Shibata and Kimura, 1987)则认为,债务/收入比率与政府支出增长没有必然的因果关系。财政幻觉假说的假定前提——大多数投票者的感觉是实际公共支出的一个主要影响并不成立,影响政府支出计划的政治集团和投票者是按其对真实收益的冷静计算而不是幻觉行事。菲利普J.格罗斯曼(Grossman, 1990)则从政府间补助对地方政府规模影响的角度对财政幻觉假说提供了经验证明。泰兰和萨斯库柏(Tyran and Sausgruber, 2000)针对财政幻觉假说检验的困难,运用实验经济学的方法,设计了一个实验性的竞争市场来考察财政幻觉产生的原因及后果,证实了税制结构是财政幻觉产生的一个原因。间接税的税收负担被系统地低估,财政幻觉会扭曲民主决策,导致"过度"再分配。

这种疑问制约了将财政幻觉在政府行为方面研究的应用,最主要的原因在于这一假说缺乏微观主体的行为基础。如同经济学家对宏观经济学的批评一样,缺乏微观的基础,对于政策的研究和制定,特别是将财政幻觉用于公共政策基础的探讨显得依据不足。

但是尽管如此,财政幻觉的提出还是为我们的研究提供了很好的启发。随着行为经济学家对个人心理账户的研究和不完全合约理论的广泛运用,财政幻觉有可能重新成为探讨公共政策的理论基础,因为它的微观基础找到了。

二、个人心理账户

政府的心理账户是建立在个人心理账户之上的。比如说,一般认为税收是纳税人愿意承担的公共品的价格。从理论上讲,所有人都愿意搭便车,让别人来提供公共产品。出于对公共悲剧的担心,才有了税收的强制性。这实际上是民众与民众达成了一个合约,政府只是这个合约执行的代理人而已。在这里讨论个人心理账户的目的是为了对政府心理账户的讨论提供铺垫。

赫斯 M. 史弗瑞和理查德 H. 泰勒(Shefrin and Thaler, 1988)认为,居民的心理账户体系将其财富分为三部分:即期的可使用的收入(current spendable income, I)、即期的资产(current assets, A)、未来的收入(future income, F)。在行为生命周期模型(BLC)中,居民花费每一美元的诱惑取决于这个美元在心理账户中的位置。即期的收入最有诱惑力,即期的资产次之,最后是未来的收入。

如果假设居民的效用函数是 Z_t,其消费集是 X_t,也就是心理账户余额的各组成部分 I_t、A_t、F_t。居民的边际效用是 $\partial Z_t/\partial\theta_t\cdot\partial\theta_t/\partial C_t$,其中,$\theta_t$、$C_t$ 分别是消费时的心理数量和消费成本。一个给定的心理账户结构和余额中,$Z_t(c_t, \theta_t^*, X_t)$可以用图 5-1 表示。

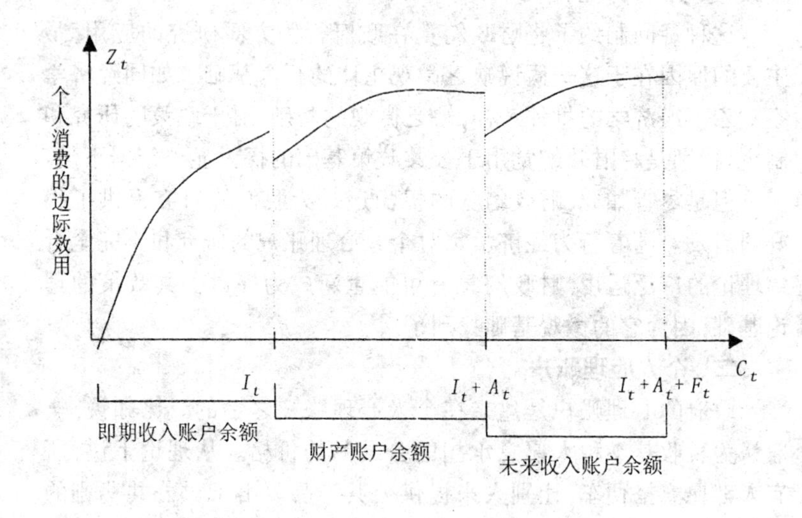

图 5-1 个人收入账户

从图 5-1 中可以看出，不同账户的边际消费倾向是不同的，如果 $C=f(I,A,F)$，则有 $1\approx\partial C/\partial I>\partial C/\partial A>\partial C/\partial F\approx 0$。这可以从心理账户 I,A,F 产生的心理成本不同而进行解释。

我们前面将财政定义为一个不完全合约的权利转移行为。一般条件下，政府取得公共收入是按照成本、效益比最小化为基本准则的，居民心理账户中表现的消费的边际效用的不同次序就是政府公共收入的次序。虽然从理论上讲，公共收入与公共支出总量上是对称的，但是由于它的成本与收益不能均匀地分布在每一个人身上，所以如前所述，民众并不愿意主动地上缴其公共收入。从心理账户的角度讲，则是造成心理成本越大的越不愿意上缴，因此，政府在获取公共收入的时候则相应地产生不同的难度。合约的不完全程度就是与此相适应的。相对而言，由于信息的问题，政府可以通过公共收支时个人的心理变化，对个人的心理账户有所了解。而个人则无从洞知政府的心理账户，因而产生幻觉，其中前面所讲的财政幻觉即是其一。

对公共政策理论基础的探讨并没有指明政府应该做什么，而是将政府这个经济学研究上的黑匣子打开，透视其真实的运行机理。对政府心理账户的分析，则是打开这个黑匣子的一把钥匙。

三、政府的心理账户

在对政府行为的研究中，将政府的公共收入与公共支出放在一个组合内进行研究并不是合适的，至少它与政府实际的支出、收入不相符合。公共经济学以资金的支出与收益的回报是否对应分为转移性支出与购买性支出，或者根据其资本形成的不同而分为经常性支出与建设性支出。经常性支出一般是盈余的，而建设性支出则基本上是保持赤字的。在公共收入中又根据其不同的来源分为税收、规费、债务收入、铸币税等。而在宏观经济的研究中，特别是在分析政府的支出与经济增长的关系中，往往将政府的支出分为生产性支出与非生产性支出等。

上述的这些研究,对政府公共收入与公共支出的分类固然为研究提供了非常方便的工具,但是也存在着不足。比如,一些明显的缺陷:这些公共收入与公共支出的工具,政府更偏好哪一个呢?在不同的财政约束下,这些工具实施的次序是什么呢?不同的工具对于政府短期的政策操作会产生什么后果呢?这些短期的政策操作又会产生什么样的长期效用呢?

本节引入心理账户的目的即在于将依政府不同的偏好来选择不同的公共收入与支出,并推演公共政策的不同次序,以考察政府短期政策操作可能的效果。

(一) 政府心理账户的基本特征

政府心理账户的本质是将政府不同的公共收入与公共支出划归不同的心理账户。不同的账户收支不同,不同的收入来源的成本不同,不同的支出消费倾向不同。政府总是试图用最小的成本获得最大的收入,这些成本主要指的是政府短期必须承担的义务。影响政府心理账户的不同因素,决定了其行为特征。

1. 公共收入的来源。政府根据一国收入来源的不同,将其分配到不同的收入账户中去,不同账户的边际消费倾向是不同的。一般来讲,政府各项收入是不能互相代替的,政府不会因为一种收入超过了计划而减少另一种收入的额度。当然在特殊的时期,政府也会减少收入,比如说减税,但这种情况更多的是在政府收入状态良好的时候进行的。在政府财政压力巨大的情况下,一般不会单独采取这种措施。如果采取了这种措施,政府也是从别的方面保证了收入,如在大危机时期,凯恩斯主义所倡导的减税造成的政府收入的减少也是由国债的增加所保证的。财政危机时期,政府不可能通过财政赤字的增加来解决财政危机,因为那样的做法实在是缘木求鱼。

2. 公共收入的用途。政府会将收入分配到不同的消费项目中去，各个项目之间资金具有完全的替代性。支出的轻重缓急来源于社会不同集团的压力。政府在支出的时候总是喜欢将不同用途的支出互相替换，希望将其账户模糊化，以减少与自己利益相关性小的集团的支出，如教育和社会保障支出。

当财政压力极大化时，有些政府可能通过扩大短期收入的最大化来实行赌博式的行为，这是考察公共政策的核心部分。当财政压力变动时，政府首先考虑的是如何增加公共收入而不是减少公共支出，因为对公民来讲，“给永远比拿愉快”。而在考虑如何增加收入或者减少支出的时候，不同的收入性质决定了政府选择的次序。由于公共政策本质上是一种契约的改变，这种次序更多地是由契约双方博弈的结果来决定的。这种契约不仅存在于一国内部，它同样也存在于国家与国家之间。

3. 政府心理账户核算频率。对政府心理账户核算的频率往往是由对政府行为有约束的机构做出，一般指的是权力制度下的法律约束。不同的约束，政府心理账户的核算是不同的。在一个大政府[①]的背景下，政府的财政账户核算频率是非常低的。政府可以更自由地使用公共支出，各支出之间可能会更加模糊。由于信息的不对称，社会民众难以对政府公共支出的执行进行监控。如果法律的约束不能真正发挥效用，则这种情况更是普遍。而对于公共收入，民众则会由于其自身收益的即时改变而随时对政府政策的执行提出不同的看法，并尽可能地去抵制。

政府往往在收入的形成过程中尽最大可能地去利用法律赋予

---

① 根据朱光磊的观点，政府分为“大政府”与“狭义的政府”。大政府的含义指的是政府等于国家机构的总体与执政党之和，在中国则表现为执政党对国家机关和国家各方面的工作实行政治领导、组织领导和思想领导，对国家的大政方针和重大事项直接决策。而狭义上的政府则是指行政机关或内阁。在中国转轨时期，考虑到中国相对集中的决策方式，将政府的研究对象定义为大政府与现实更相符合。朱光磊：《当代中国政府过程》，天津人民出版社 1997 年版，第 15 页。

的强制力，而在支出的形成过程中尽最大可能地去规避法律的约束。从这种意义上讲，政府是个内部人。这决定了公共政策的实施势必要造成财政压力的周期变动。基本的理由是：公共支出的不透明造成了公共收入更容易向政府妥协的集团分流，收入分化将会加剧，社会的效率和民众的福利将会受到损失，进而导致制度的僵滞。

（二）政府的心理账户与政府的自我控制

政府的心理账户是与政府的偏好或者说是与政府的自我控制联系在一起的。根据拉宾（Rabin，2001）的研究，一个行为主体根据自我约束问题意识的程度不同，可以分为三种类型：

一是成熟型（sophisticated）。其主要特征是政府充分意识到自身存在"自我约束问题"，并且倾向于准确地预测将来的行为。

二是幼稚型（naive）。其特征是政府根本没有意识到自身存在的"自我约束问题"，因此会错误地预测自己将来的行为。

三是偏幼稚型（partially naive）。政府能够意识到自身的"自我约束问题"，但低估了这一问题所造成的影响。

考虑到一个基本的贴现效用模型中，$U^t(u_t, u_{t+1}, \cdots u_T) = u_t + \beta \sum_{T=t+1}^{T} \delta^{T-t} u_T$，其中 U^t 表示政府未来各期效用贴现到第 t 期的效用总和。u_t 表示在第七期的当期效用，变量 δ 为贴现率，变量 β 描述了政府行为的不稳定性。当 $\beta<1$ 时，公共政策未来的效用对现在而言更小，政府短期的收益大于将来的收益。政府不愿意等待，希望出台的政策能够立竿见影。在财政压力非常巨大的时候，政府往往采取赌博式的行为，前面已经对此进行了注解。

政府的公共收入与公共支出的获得和运用都是需要时间的，如果加入了权威的作用，则建立在自我约束问题之上的政府心理账户的讨论将会更有现实性。

每个政府都存在着自我约束的问题,也就是在本书第七章将要谈到的短期政策操作与长期制度建设的权衡问题。政府领导者莫不想在获得短期收益的同时,为自己青史留名。短期的政策操作与长期的制度建设之所以冲突,关键还在于财政约束。通常来说,青史留名也是政府或者领导者的效用目标之一。只不过是在财力约束下,政府没有能力考虑未来的远景目标而已。

用 β 表示政府存在着的自我约束问题。政府意识到的自我约束问题程度为 $\hat{\beta}$,即政府相信在将来自己会遇到的自我约束问题的程度。政府在某一时点做出的能使其效用最大化的选择,是由真正的自我约束程度 β 决定的。在此框架下,对于三种不同的政府,β 和 $\hat{\beta}$ 的关系可以表示为以下三种形式:

(稳定偏好假设中 $\beta=\hat{\beta}=1$)

$\beta=\hat{\beta}<1$,成熟型的政府;

$\beta<\hat{\beta}=1$,幼稚型政府;

$\beta<\hat{\beta}<1$,偏幼稚型政府。

此处需要说明的是,政府的自我约束反映了一个政府是否主动地愿意将短期的政策操作与长期的制度建设结合起来。这些自我约束,一方面取决于政府领导者的道德情操指数,另一方面取决于政府财政约束,后者是最关键的。

不同类型的政府,心理账户不同,其收支次序与规模等也存在着巨大的差异。

第二节　政府短期政策操作的次序

正如阿罗不可能定理所表明的那样,对不可比的个人效用偏好加总,以形成可以表达个人偏好之差别次序的社会福利偏好是不可能的(Arrow,1963)。政策选择是一个公共选择的过程,寻找出其操作的准确次序也是不可能的[①]。不过,根据我们在前面对政府行为目标的选择的论述,可以大致认定政府在进行短期的政策操作上坚持了即期收益最大化与支出最小化的主张,在财政危机之时更是如此。而在财政压力减小的时候,政府可能会考虑长期的制度建设,短期内基本不可能考虑。非不愿也,乃不能也。对于公共政策次序的研究,可以从不同的角度进行。本书是从政府的心理账户出发,以政府对公共收支的偏好次序来研究的。

一、公共政策操作次序的基本理论

对政府心理账户的研究,重要的是要研究政府对不同收支的偏好程度或者说是次序,目的是考察以效用最大化为目标的公共政策的轻重缓急,这种轻重缓急其实是随着财政压力的变化而变化的。

(一) 公共收入的次序

一般认为政府的收入可以由税收、铸币税和国债组成。不同的公共收入增量对居民的消费影响是不一样的,换句话说,就是其引起居民的反感是不一样的。对居民边际消费倾向影响较小的收入方式应该成为首选,影响最直接的应该放在最后。国债、铸币税以及税收对居民消费的影响正好可以对应个人的 F、A、I 账户(图 5-1)。从实践来看,对居民边际消费倾向影响较大的是以完全的合约来保证政府收入的,而对居民消费倾向影响较小的则可以通过不完全的合约给政府以相机抉择的机会。考虑公共收入的次序,可以将政府的账户分为两部分:一个是常规账户,另一个则

---

① 在樊纲和胡永泰(2005)看来,转轨时期政策的“平行推进”(parallel partial progression)比“循序渐进”(sequencing)可以更好地促进社会福利的提高,因为后者会由于体制的不协调而造成“混乱的效率损失”(efficiency loss of chaos)和“不协调成本”(incoherence cost)。如果将改革也认同为一种政策的话,那么这种观点隐含的说法就是政策没有先后之分。我们的分析很多次提到,政府没有不想将短期的政策操作与长期的制度建设结合起来的,之所以没法全面推进,重要的原因是财政约束。从这个角度看,循序渐进甚至冒进都是政府理性的行为。平行推进是一种过于理想的改革逻辑,对政府行为约束的考虑过少。

是临时账户。我们所讲的财政压力的变化主要指常规账户的收入难以满足常规的支出，也就是完全合约的中断。对政府来讲，临时账户的收支变化则是政策调整的依据。从收入角度来讲，政府临时收入的增加应该是按照居民未来的收入、财产收入、即期收入的顺序来进行的。如果政府的公共收入政策违背了这个顺序，则可以判断政府的财政状况发生了异常。

（二）公共支出的次序

政府支出的基本原则是以公共产品的纯度来渐次减少的，或者是以公共产品在当时特定的环境下与政府收益的密切程度来变化的。如中国的基础教育（希望工程）、社会保障以及国防等是公共程度非常高的产品，一些与政府利益相关的如行政支出并不是真正的公共产品，特别是超出社会需要的官僚支出，基本属于一种私人产品。因为它与政府官员的利益密切相关，因而增长极快。政府对不同公共产品的投入不同，主要还在于不同的受众对公共收益的敏感度不同，以及其争取利益的能力不同。一般来讲，只有大多数人能够享受的产品才能算是公共物品。而这部分人财力的欠缺，使其在公共选择中只能是被动的接受者，而不是主动者。按照心理账户的说法，居民一般不会将政府的公共支出作为其私人支出的一部分，而在考虑收入时，一般会将税收对其财富的减少考虑进去，也将考虑通货膨胀导致的财富缩水[①]。政府的收入与支出对民众心理账户的收支影响不是一一映射的，因此税收才需要强制。由于信息的不完全，在公共支出中政府对公众心理的考虑要比在公共收入的筹集时考虑的少得多，阻力更小，更可以自主为之。在支出时，政府对民众的许诺会与在政治周期中所讲的事前与事后的说法不一。如果预算制度不严格，或者预算审核的成本很高，这种承诺不可信程度更大。

---

① 货币幻觉随着个人金融、财务知识的增加会逐步消失。

在集中决策的过程中，政府领导者的信誉与任期可能对此承诺的执行有所影响。在不同的财政压力状态下，政府的承诺更是如此。在政府收入中，政府直接面对的是民众利益的转移，成本与阻力较大。从这个意义上说，瓦格纳准则永远成立。

所有政府公共政策的实施都会引起政府公共收支的变动，也就是财政收支的变动。由于财政是一种契约，是一种权利的分配，因此，公共政策的实施总是在进行权利的分配。不同的政策对民众权利的影响是不同的，由此引起的政府公共收支的成本与收益也是不同的。不同的民众所组成的集团在与政府的谈判中是处于不同的地位的。政府并不是一个完全的中间人，在第四章我们谈到不同的方式促使政府走出财政危机或者制度僵滞的时候，曾经将社会分为几个不同的集团，包括富人集团与穷人集团。其中富人集团又分为两类，一类是一般富人，另一类是特殊权贵。在一个开放社会，经济全球化背景下，政府要面对国际集团，此时内部的民众又会在与国际集团的不同利益结合下分化。政府实施政策时要权衡各方面的利益与损失，这是一个复杂的系统工程。

因此，政策的实施引起的权利变化决定了政府实施公共政策的规模与次序，这在短期的政策操作中显得特别明显。

二、公共政策操作的次序——不同政策工具的运用分析

（一）国债政策

政府面临的财政压力首先表现为经常性收入的不足，也就是通过即期的法定收入难以满足其开支。法定收入即是税收。由于税收具有强制性、无偿性和固定性的特征，它对社会民众福利的转移在税法修正之前是按照一个完整的契约来执行的。而且它的修改成本相比其他收入来源来讲最高，对社会民众福利的影响最大，特别是增加即期的税收一般不会是政府首选的工具。只有在政府财政危机非常严重的时候，政府才会采取增税的方式。以扩张性政策著称的凯恩斯主义的核心是减税而不是增税，政府因此而减

少的财政收入是靠国债来补充的。

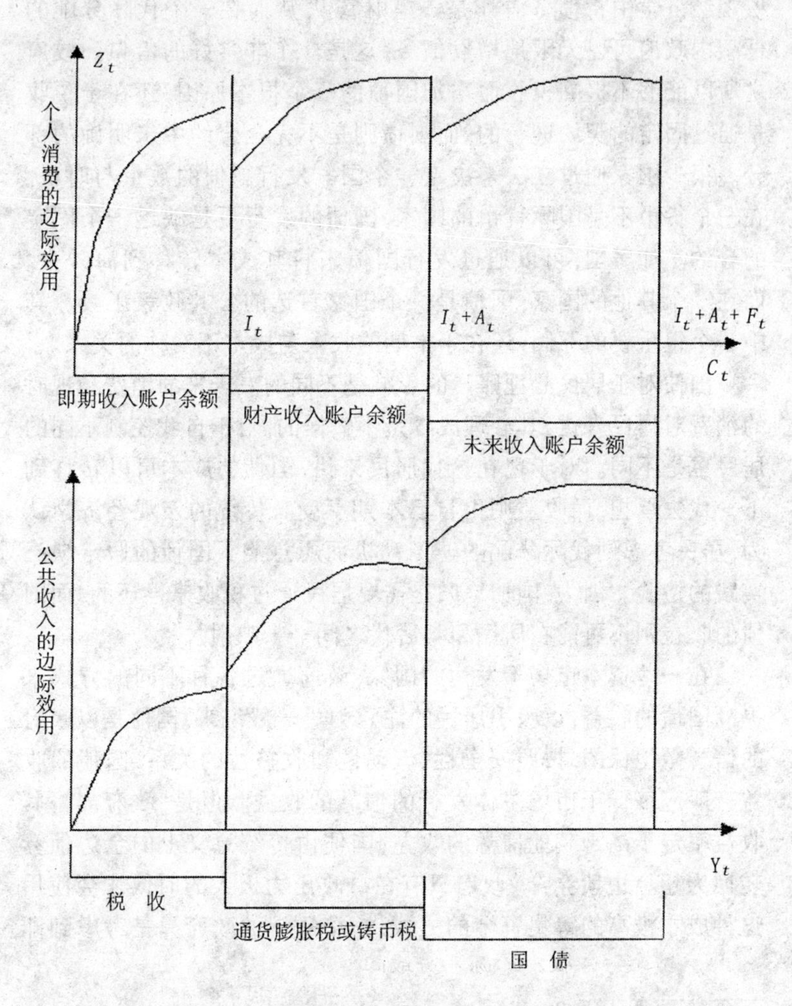

图 5-2 从居民收入账户到政府收入账户

为什么国债会成为政府解决财政危机的首选呢？国债其实是

延期的税收。在李嘉图—巴罗定理中,税收与国债是一样的。在宏观经济学中将债务看作是一笔财富[①],从而在一个代际分配的框架内政府可以无限地增发债务,这是一个非常好的借口。政府之所以能够不提高税收而增加国债的一个根本原因,还在于税收是通过固定的契约进行的,而国债则是不完全合约中未明确的部分。很少国家通过立法来决定一个国家发行国债的数量与时机。在一个货币不是国际货币的国家,国债的发行更是缺乏一个固定的合约。如美国,可以通过发行国债来将其成本转移到海外去。而在一个其他的国家,国债是一个国家首选的公共政策工具。其中一个很重要的原因,还在于本期的收入与成本不对称的关系。

国债对于居民心理账户的影响是不同的。未来的消费和现时的消费对居民来讲,其心理成本是不一样的,对于自我控制不同的居民更是不同。对于现在这代居民来讲,国债的成本可以转移到下一代去承担,而收益则由自己本期享受。传统的宏观经济学认为,居民考虑到代际分配的遗产动机而愿意购买国债的假定缺乏实践的检验。因为,国债终归是需要居民通过税收来偿还的,而国债的收益则不可能在居民和其后代之间一一映射。

在一些资本市场不发达的国家,政府通过各种不同的方式来提高国债的收益,以吸引居民的注意力。一般说来,国债是以政府的信誉做担保的,按照安全性、流动性和收益性的关系,国债的收益一般应该低于市场主体发行的债券的收益。但是,政府却将其收益率定于高于其他债券的收益,国债由传统意义上的金边债券转换为超金边债券[②]。政府只有在财政压力极大的时候才会使用这种成本极高的筹集资金的方式,一个短视的政府只是考虑到即

---

① 因此,“理性的个人常常选择以发行公债方式为所有公共产品和劳务融资”(Buchanan,1965),从而导致政府支出规模的扩大。

② 中国政府的国债一年期利率高于银行存款一年期利率,国债已经成为超金边债券。

期收益的最大化才会给后任留下的是债务而不是遗产。后任如果没有新的资金来支持增大的公共支出，或者说财政危机没有好转而是恶化的话，其只能增加新的债务，结果是债务风险越来越大。

如果在一个资本市场不发达、投资者选择余地较小的制度背景下，国债更是会成为居民投资的首选。在政府不设立偿债基金的前提下，居民疯狂地购买国债，其实是在用青春赌明天。根据高培勇(1997)的研究，国债在任何情况下都是具有扩张效应的。

因此，政府将国债作为财政危机时公共政策的首选，是在一个不完全的合约下利用了居民心理账户的必然选择。信息不对称的程度越高，民众越是将其作为一项财产而不是负债来看待。这种短期的政策操作蕴含着巨大的风险，其结果可能会导致公共悲剧。

(二) 铸币税政策

政府在通过国债的发行筹集公共资金的背后，无一例外地是要通过铸币税来获取收入。自从铸币权从个人手中转移到政府手中之后，铸币税便成为政府公共政策的重要工具①。中央银行不是银行业发展的自然产物，它是外部力量强加的或者是政府偏好的结果。在不兑现货币制度下，中央银行扩张高能货币存量是财政收入的直接途径。虽然政府垄断货币发行权对价格和社会福利的扭曲存在着巨大的争论，如尤金·法马(Eugene F. Fama, 1986)认为，让政府获得发行通货的利润是有效率的；政府作为垄断者能

---

① 现代政府对货币的垄断权也是借助财政危机完成的。英格兰银行是世界上许多政府创立的中央银行的原形，它基于财政的原因受到了政府的支持。1694年威廉三世政府和辉格党控制的议会想要为英法战争融资，但是由于在商品货币制度下，政府债券是以商品货币表明面值的，政府不能无限制地生产商品货币，其受到不履行责任的风险。当时，其信用已经荡然无存。政府同意了 William Patterson 的计划。新的政府债务由一批认购者承担，作为交换条件，政府特许这些认购者合伙组建英格兰银行，其特许权包括这家银行的有限债务责任和对政府存款的排他性占有。1884年首相 Robert Peel 的《银行特许权法案》巩固了英格兰银行的特权地位。在这之后，英国的私人银行和股份银行逐渐减少，其发行额也随之减少。到1910年，英格兰银行保证准备发行额已达1 400万英镑。这样，英格兰银行逐步垄断了全国的货币发行权，占据了货币发行中心的特殊地位，并于1928年成为英国惟一的发行银行。(Lawrence H. White:《货币制度理论》，中国人民大学出版社2004年版，第76页。)

够更有效率地制造通货,因为它不需要参与非市场价格竞争。怀特等(White, Lawrence H., and Donald J. Boudreaux, 1998)认为,法马的论述建立在无前提推论的基础上,通过立法限制来创造垄断确实最大化了产业利润,但它损害了消费者的利益。不管怎么说,政府垄断了货币的发行权确是事实。按照弗里德曼的观点,通货膨胀终究是货币现象。政府在通过大量发行基础货币并从中获取铸币税的过程中,基本上难以避免通货膨胀的出现。虽然在下面的论述中,我们还会看到诚实的政府与不诚实的政府在操作手法上的不同,但是,在收入驱动的利益激励下,政府获取铸币税的过程就是一个物价持续上升的过程。

一般来讲,物价上升对民众资产所造成的福利损失相对于税收等的损失要小,一个重要的原因就在于货币可以让民众对自己的资产损失产生一种货币的幻觉。民众一般会考虑到自己的资产可能缩小,但极少有人将福利损失的根源归结为政府追求短期铸币税的行为。因此,政府通过发行货币来进行公共政策操作是普遍的做法。

(三)规费政策

政府提供的物品与服务,其公共性是不同的,对一些公共程度不高的服务,政府往往采取收费的方式来进行,这种行为类似于市场的交易。从理论上讲,政府提供的应该是公共性的产品,但是对于一些特殊的公共产品,政府可以通过收费的方式使其成本由私人来承担,而这种收费主要是通过政府内部的不同部门进行的。这种公共产品是由政府税收来承担的,而其定价则是由具体的政府部门来决定的。在执行的过程中,政府总是尽可能混淆这种公共产品的性质,使其更大可能地向私人产品靠拢。这种定价的不对称性在一个法律约束并不完全的政府治理结构中,收费往往成为政府经常性的收入来源。由于收费一般不通过一个国家正常的立法规定,因而给了官员很大的裁决权。收费与税收、铸币税不同之处在于这是一种表面上看似平等交易的行为。在推行市场化治理或者说由市场来提供公共品的潮流中,收费成为政府公共政策操作中规模越来越大的一部分。

规费的收取规模往往与政府的级别成相反的关系。级别越低的政府其下辖的民众获取的信息越少,对政府内部行为的了解越是简单,对政府保持着一种敬畏的心情,因此收费规模相对较大。而级别越高的政府,民众对其决策过程相对熟悉,在通过交费而获取公共物品或者服务时,政府在定价时相对公平。这里讲的不同级别政府公共品定价的不同,从根本上讲还是取决于其财政状况。在中央集权的政体下,一般来讲,级别越高的政府其财力越有法律的保障,级别越低,收入越难以保证。而各级政府的义务有时候正好相反,级别越低的政府相对其财力而言,其必须的支出率则越高。因此,其公共品的价格也越高。低级别政府辖区内的民众收入相对较低,其在短期内与政府谈判的能力也相对较低。这也增大了政府任意定价的机会。

由于地方政府导致的民众对政府的不信任,有可能会引起民众对整个政府的不满意,这有可能造成公共的悲剧,这种成本最终是由高一级的政府来承担的。由于政府治理结构的不完善而造成的短期政策的不协调,将极有可能引起长期的制度僵滞。这在本章的第三节将有详细地分析。

(四) 垄断权的转让

当一个政府内部资金不足以应对其公共支出,并且通过发债、铸币税或者收费亦不能满足时,政府往往出让垄断权。政府取得收入的依据一是公共管理权,一是资产所有权,二者随着政府财力的变化而变化。政府凭借资产所有者身份获取收入,一般是以专卖权的形式出现的,也就是一种垄断权。经济学上已经证明垄断对社会福利是一种损失,但是垄断可以短期内取得高额利润。从长期来看,相对完全的竞争可以扩大市场,促进社会财富的增加,政府可以通过更加固定的合约来取得更多的收入。但是,市场的扩大未必能够促进政府财政收入的提高。正如施蒂格勒(Stigler,1971)说过的那样,信息的收集是有成本的,市场的扩大首先会造成信息成本的增加。

政府要获取足够的税赋,就必须在税源、税率和征取方式上制定切实可行的税收制度,或者社会财富汲取制度,这个制度要能避免过高的信息搜寻成本和对经济活动的监督成本。一般性的财政制度并不具备这些特点,因为它不仅要面对如何防止民众偷税的监督成本,还要承受如何监督官员不和他人合谋偷税的渎职腐败成本。虽然政府知道经济决定财政的道理,但是短期收益最大化的政府还是在很大程度上倾向于自身掌握着专营权,因为那可以直接控制财源。

但是从长期来看,政府垄断专营的结果是杀鸡取卵,致使财源枯竭。政府一般不会主动地放弃垄断权,一般认为政府放弃垄断权的理由是被迫的,因为财政危机,政府被迫提前变现,将垄断权出让,换来财政收入的暂时增加。垄断权可以出让给国内的民营企业,也可以出让给国外的投资者。在第四章中我们讨论过制度僵滞下,特殊利益集团就是因为掌握了垄断的权力而导致了制度不能创新。

(五) 产权的改革

一般来讲,政府如果能够通过其他的途径获得财政收入,政府是不会通过激烈的变革来获得收入的。行为经济学的观点证实了只有在危机的时候,政府才会实施风险极大化的政策。产权改革就是激烈的政策变化。产权改革的方式无非就是公共产权和私有产权的转化,要么将个人的权利没收,要么将公共的义务下放。前者是增加财政收入,后者是减少财政支出,也就是甩包袱。一般来讲,产权的改革是为了解决目前的财政压力,在不同的国家,产权改革会通过不同的方式解决。一个相对民主的国家,可能会通过未来收入的许诺将个人财产充公，而在民主程度不高的国家许诺程度则不高。

比如，13世纪英国国王爱德华一世没收犹太人的财产，菲律普斯四世没收圣殿骑士团成员的财富，是出于填补庞大的财政缺口，维护王朝统治（North and Weingast，1989）。张宇燕和何帆（1998）在“熊彼特－希克斯命题”基础上通过扩展，提出了财政决定改革的起因和路径的论题。他们认为，先“甩包袱”再“向新增财富征税”是财政危机背景下改革的正当次序。阿吉翁和布兰查德（Aghion and Blanchard，1994）的模型明确地提出了财政压力对于经济转型速度的制约。王红领、李道葵、雷鼎鸣（2001）基于中国民营化的经验的实证检验，提出了一个足够一般化的结论。他们否认了民营化问题中经济学家倾向于提出最优方案以使社会效率最大化的想当然的理念，认为现实中最关键的决策者——政府，将收入最大化作为其目标。政府放弃国有企业产权的动机，既不是为了增进企业的效率，也不是将其作为政治博弈中的一个战略行动，而是在于财政的压力，即停止对亏损国有企业的补贴，或出售国有资产以增加财政收入。将国有企业民营化，或令其破产清算，这样会给政府带来直接的现金收入。

第三节　政府短期政策操作的遗产——以铸币税为例

一、政府短期政策操作的路径依赖

短期的政策操作只是政府与民众一时博弈的结果。此时，政府掌握着信息，民众的信息本来就是不对称的，如果政府再运用一些于己有利的方式来隐蔽真实的意图，那么，短期的政策操作便会被民众当成了政府长期的制度建设。任何的政策都会是博弈各方权利的重新调整，政策出台后，改变的菜单成本很高。短期的政策不可避免会有一种刚性，也就是说短期的政策会留下遗产。不同的政府生命周期不同，下一任政府对前任政府政策的路径依赖很强，即使是一朝天子一朝臣，后任政府也只能是改变而不能完全推翻以前的政策。前一任政府为了财政危机而出台的政策，可以说都是以短期内寻求财政收入最大化的风险最大化行为，贴现率很高。从另一个角度讲，即使政府意识到政策的不当，也不会轻易地改变，虽然政府内部的激励缺乏，但政府的决策失误不足以引致内部的惩罚。而且，政策的运行时效都是有时滞的，这也给短期政策演化为长期的制度建设打下了很好的基础。从这个意义讲，公共政策没有短期与长期之分。

在铸币税的讨论中，怀特等(White, Lawrence H., and Donald J. Boudreaux, 1998)曾经说过："当政府甚至愿意以长期铸币税的损失为代价，寻求最大化短期铸币税时，恶性通货膨胀就产生了。政府为什么如此短视，只关注短期呢？战争或者国内危机使得政府为其长期生存能力担忧，所以普遍具有立即敛聚更多铸币税，以备不时之需要的强烈动机。"这样的分析并不完整，如果考虑到政府的生命周期理论，则会发现具有不同情操指数的政府或者是权威在短期的财政危机解决过程中只是注意短期的收益，其在财政压力下风险最大化的行为会给下一任领导者留下遗产或者是债务。

我们并不能直接认定政府的短期政策操作一定会导致恶性后果。不同的政府，在财政状况不同时，留给后任的遗产也不同。当然，政府的财政状况决定了政府的行为不同，其留给后任的遗产的可能性也会变化。而且，在集中决策的政府与分散决策的政府中，权威的偏好对于短期政策操作的影响也是不同的。

这里选择了铸币税这一案例来透视整个过程。

政府通过铸币税来取得收入是普遍的事实。一般来讲，在不兑现的货币制度下，因为基础货币的黄金含量为零，并且生产成本几乎为零，名义的铸币税简单地讲就等于每年基础货币存量的变化。因此，实际的铸币税

$$S=\frac{\Delta H}{P}$$

式中：ΔH 为现有的基础货币或者高能货币存量的变化；P 为平减的价格指数。

将铸币税的“税率”与“税基”分离，即有

$$S=(\frac{\Delta H}{H})(\frac{H}{P})$$

若 $E=\Delta H/H$

$h=H/P$

则有 $S=Eh$。

为了简化，可以假设预期的和实际的通货膨胀率与基础货币扩张率同步变化，E 的变化正好与预期通货膨胀的变化相匹配，预期通货膨胀率越高，以损失购买力的形式使持有每单位实际余额所支付的价格就越高。实际货币需求量随着货币扩张率 E 上升而下降。

政府试图在考虑较高的 E 对实际基础货币需求的负效应的基础上最大化S。较高的货币扩张率 E 的直接效应是能产生更多的铸币税，但是它还能通过增加预期通货膨胀而降低实际货币存量的需求(h^d)而降低 h，后者对前者具有抵消效应。

所以，政府对铸币税的需求应该在直接效应与抵消作用之间寻求一个均衡点。

借助于 Philip Cagan 的函数

$$h^d=e^{\beta-\alpha E}$$

$$\ln h^d=\beta-\alpha E$$

在此处，政府面临着一个直接的约束，即民众对通货膨胀的认可程度，这可以用一个 α 表示实际基础货币需求的通货膨胀率敏

感参数。当货币扩张率和通货膨胀率的增大给定时,则 α 越大,h^d 缩减得越多。β 表示独立于通货膨胀率的基础货币需求的规模参数。对于任意的通货膨胀率,β 越高,实际基本货币需求越大,通货膨胀率与基础货币处于零增长的状态时,$\ln h^d = \beta$。

使铸币税最大时的 E^* 可以如下求出:

$$S = Eh$$

$$\ln S = \ln E + \ln h$$

$$= \ln E + \beta - \alpha E$$

$$\frac{d(\ln S)}{dE} = \frac{1}{E} - \alpha = 0$$

$$E^* = \frac{1}{\alpha}$$

所以,$S^* = E^* h = (\frac{1}{\alpha})h$,

$$S^* = (\frac{1}{\alpha})e^{\beta - \alpha ER^*} = \frac{e\beta}{\alpha e}$$

因此,可以得出一个基本的结论:最大的铸币税收入与实际基础货币需求对通货膨胀的敏感成反比,与实际基础货币需求的规模成正比。

政府增加铸币税的一种方法是要求商业银行增加储备,强迫商业银行持有更多的基础货币来提升对基础货币的实际需求①。另一种办法就是限制可以替代基础货币的东西。这两种方法都会导致短期政策操作与长期制度建设的矛盾。

贝利曲线实际描述了公共政策的整个过程,政府的目标是获得最大限度的收入。但这种收入不是无限度的,政府如果过度地增加了货币的发行,其实际获得的铸币税则会下降。

不仅如此,政府如果只是为了获得财政收入的最大化,极有可能会造成公共的悲剧,在这里则表现为恶性的通货膨胀,这是其一。

---

① 这减少了银行的放贷能力,可能使经济因此而紧缩。

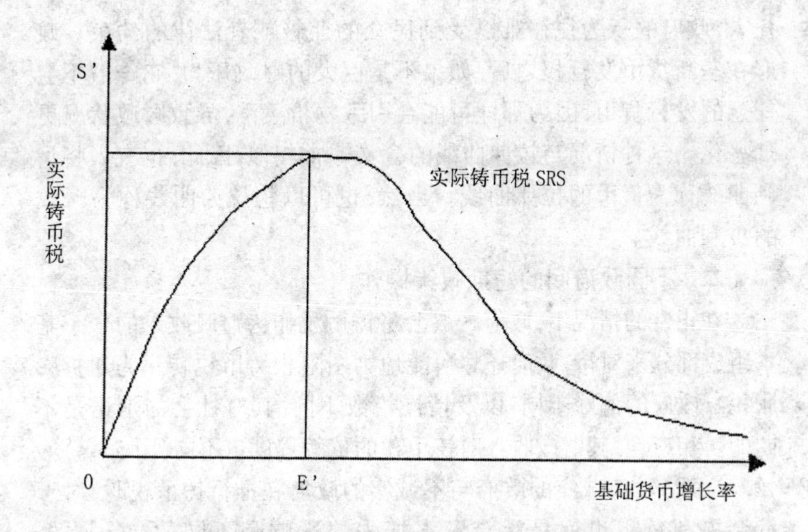

图 5-3　贝利曲线:实际铸币税与扩张的关系

其二,它还可能会阻碍制度的长期建设,这可以用政府对金融市场的管制来解释。政府的短视行为,对整个社会福利的影响是长期的。最终的结果可能会引致经济增长周期波动,政府财政收入因而周期波动,制度变迁周而复始。

根据基本的费雪方程式 $MV = PT$,经济的增长对货币的需求是必须的,一般认为 3%~5%的物价上涨是正常的。在财政压力不大的时候,铸币税在政府的收入中所占的比重较小。因为货币的某些方面具有公共产品的特征,但它决不是纯粹的公共物品①。政府发行货币至少会因为规模收益而节省社会的交易成本,作为回报,其取得铸币税是合理的。但是在一个共同代理框架下的受

① 货币不是一种纯粹的公共物品。作为交换媒介的货币,其所提供的随时支取余额的服务有竞争性,货币余额也具有排他性。在 Lawrence H. White 看来,从改进政府政策、造福于全体公众的意义上说,货币的稳定性是一种公共物品。正因为货币不是一种公共物品,政府来提供就天然蕴含着通过铸币来获取私利的动机。在财政危机时,通过它来追逐收益的最大化便成为顺理成章的事情。

托人，政府的行为往往难以受到民众的监督或者法律的约束。政府在垄断货币发行权之后，如果不是巨大的财政压力，它一般不会任意的发行货币，因为那样可能会引致物价飞涨，导致财政状况更加恶化。这种情况与拉弗曲线的含义非常相似，因此，也有人将贝利曲线称为货币的拉弗曲线。当然，也可以将拉弗曲线称为财政的贝利曲线。

二、不同政府间的短期政策操作

在正常的情况下，政府一般会将铸币税作为财政收入的一个基本组成部分来对待，政府还尽可能地力图阻止铸币税转化为通货膨胀税。政府的偏好不同，以及情操指数不同，其对社会的承诺是不同的。相应地，其财政收入对铸币税的依赖程度也不同(图 5-4)。

一般来说，诚实的政府与不诚实的政府在推行铸币税时，对于社会福利负担也就是社会资本损失的影响是不同的(Leonardo Auernheimer, 1974)。前者力图保持价格 P 的不变，而后者则会使价格 P 跳跃式上升，后者最终的结果可能就是恶性的通货膨胀。

政府总是想最大化其铸币税，但是又受到社会福利损失引发民众反对的制约。因此，新的政治周期刚开始的政府总是许诺一个较低的通货膨胀率，并且力求在政策的执行过程中去兑现这种承诺。如果政府在提升货币扩张率的同时，通过买回额外的基础货币而将实际基础货币余额降低到理想的低水平，则物价保持不变，这种承诺便是一种可信的承诺。如果前任政府给本届政府留下的是高通货膨胀的遗产，那么本届政府坚持低通胀政府的可信度就越高，从而公众预期的通货膨胀率就越低。政府初始能出售的新通货的实际余额就越大，从而便可以取得更多的铸币税，这种承诺是需要政府通过 E 的增加和 H 的下降所完成的。当然，新一届政府的承诺未必能够取得民众的信任。造成这种局面的可能原因，在于上任政府言而无信的做法会让民众对政府产生“天下乌鸦一般黑”的看法。

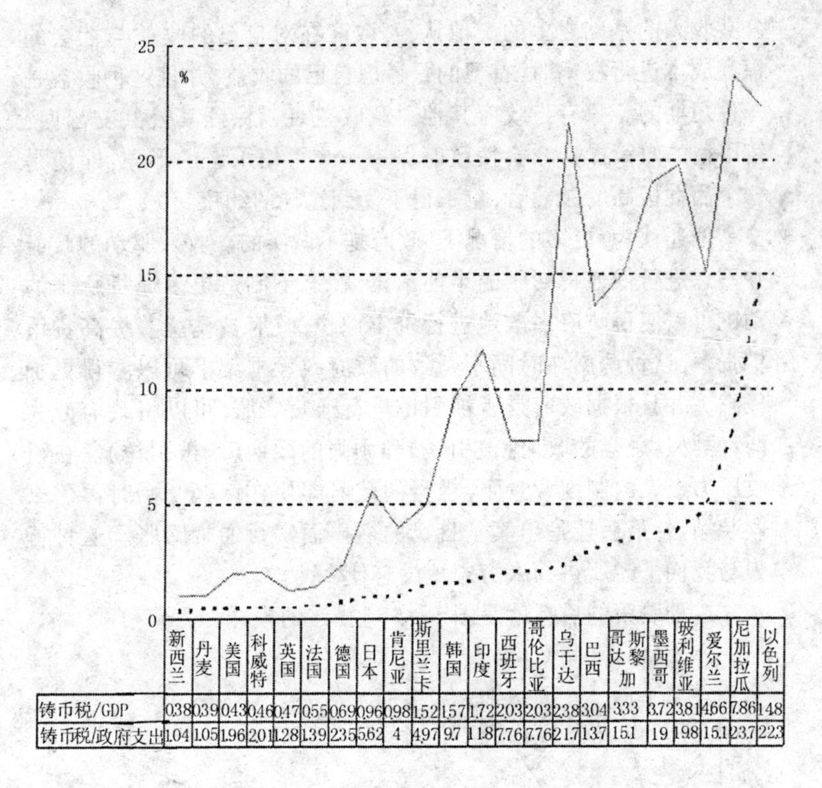

	新西兰	丹麦	美国	科威特	英国	法国	德国	日本	肯尼亚	斯里兰卡	韩国
铸币税/GDP	0.38	0.39	0.43	0.46	0.47	0.55	0.69	0.96	0.98	1.52	1.57
铸币税/政府支出	1.04	1.05	1.96	2.01	1.28	1.39	2.35	5.62	4	4.97	9.7

	印度	西班牙	哥伦比亚	乌干达	巴西	哥斯达黎加	墨西哥	玻利维亚	爱尔兰	尼加拉瓜	以色列
铸币税/GDP	1.72	2.03	2.03	2.38	3.04	3.33	3.72	3.81	4.66	7.86	14.8
铸币税/政府支出	11.8	7.76	7.76	21.7	13.7	15.1	19	19.8	15.1	23.7	22.3

图 5－4　1971～1990 年不同国家政府财政支出对铸币税的依赖程度

资料来源：click, R. W. 1998. Seigniorage in a cross－section of countries. *Journal of Money, Credit, and Banking*, 30(May), 154－171.

政府的承诺是否是一种可信的承诺，从根本上讲还是由政府的财力决定的。巴罗(Barro, 1983)认为，如果政府不仅关心自己的收入，还关心高通货膨胀对货币持有人所造成的负担，并且公众理解这种情形，那么，将会出现一个由较高实际通货膨胀的福利成本所限制的具有减少货币扩张率的均衡。巴罗的这种考虑其实是建立在高通货膨胀造成福利损失，影响经济增长并最终影响政府公共收入的基础之上的。他认为,政府在对自己的收益与社会的福利成本进行权衡时,首要的是考虑自己的收益,并且这种收益是一种短期的。只有当政府其他财政收益足以保证其公共支出时,铸币税的政策操作才会使政府保持一个可信承诺的形象,即使是一个品性极高的领导者,也不得不受到这样的约束。

他还认为,更多的情况下,政府是不诚实的。收入驱动的政府并不想进行低通货膨胀的事前承诺,稳态下制造更多通货膨胀的动机可以使得政府多次地进行资本课税,政府被诱惑着提高货币扩张率,这种诱惑在时间不一致的政府政策框架下可以看得更加仔细。并且根据政府是否被引诱进行通货膨胀,可以将政府分为两种类型:愚蠢的政府(被引诱)和顽强的政府(未被引诱)。在财政压力极大的制度背景下,愚蠢的政府即使在博弈开始时再怎么假装顽强,最后还是出卖了自己的名声而实行通货膨胀。这种行为与我们平时所讲的人穷志短没有什么两样。

这种政策的后果就是图 5-5 所描述的模样。

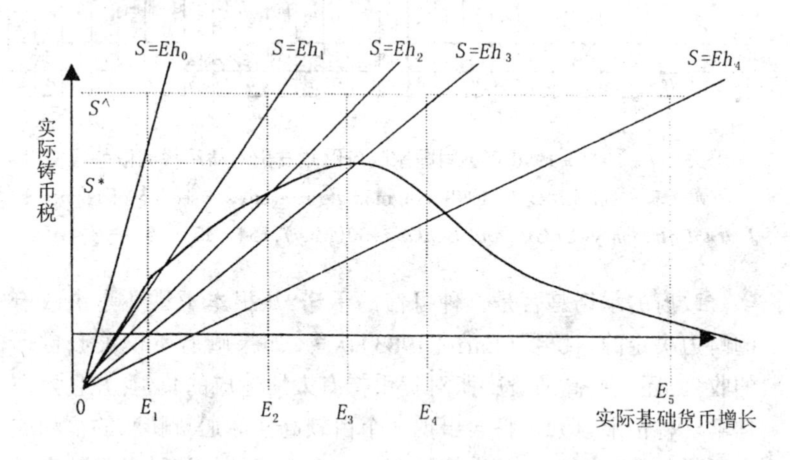

图 5-5 单一铸币税最大化与恶性通货膨胀的关系

前面已经论述过政府最大化的铸币税率是 S^*，这是受到通货膨胀约束的最优选择。政府在严重的财政危机之时，其会选择超出 S^* 的目标铸币税率 $\hat{S}(\hat{S}>S^*)$。为了达到这一目标，政府每一期的 E 都必须超出民众预期的 E^e。随着 E^e 的每一期适应性增加，E 必须无限期地增加，以保持 E 高于 E^e。这种结果必然是货币扩张失控和恶性通货膨胀。持续的恶性通货膨胀可以短期内解决政府的财政危机，但是它对长期的经济增长是致命的打击。最后的博弈结果是不诚实的政府尽管发行了大量的货币，依然不能获得理想的实际铸币税，这就是政府以长期的通货膨胀为代价而寻求最大化短期铸币税的一种形象描述。考虑到政府行为的周期性，这种做法在政府行为受到极小约束的国度是经常发生的事情。当这种情形持续出现时，政府的寿命也行将结束。

考虑到权威的作用，一个理性的领导者，在财政危机出现时可能不会采用这种最终难以收拾的举措，他更可能采取的是垄断权的没收以及责任的下放。在一个社会财富高度集中于少数人的社会中，政府的权威通过这种剥夺有产者的财产来解决政府财政危机的做法有时候会产生巨大的社会效用。但是如果处理不当，则会导致经济的急速衰退。

三、短期政策操作与长期制度建设的矛盾

短期政策操作的结果与政府理想中的状态相去甚远，往往成为经济学家批评政策的重要理由。在我看来，这并不应该成为批评的核心。在本书中，我们没有对政府的行为提出批评，也就是说没有研究政府应该做什么，因为本书的一个立足点就在于政府短期化的行为受到财力约束，其所作所为对政府来讲都是理性的选择。之所以有人对此提出批评，只是因为他们处在与政府不同的视角上。正如新制度经济学发展起来的企业理论的目的在于探求企业“黑匣子”的秘密一样，政府理论的本质也在于探求政府这个“黑匣子”的秘密。之所以有人规定了政府的行为应该如何而不是去解释政府的行为,似乎是因为政府是一个集体选择的结果,这恰恰是政府行为或者说公共政策理论基础需要重新阐释的重要理由。对政府短期政策操作的批评在我看来是没有理由的,站在非政府的角度来考察政府的行为有点指桑骂槐的意味。

政府的政策操作是短期的,而制度建设是长期的,二者的矛盾才应该是那些想批评政府的学者的靶心。本书的研究表明,二者的矛盾是客观存在的,批评客观的事实似乎有点多此一举。本节仍以铸币税为例来说明二者的矛盾,二者之间矛盾的根源将会放在第七章短期政策操作与长期制度建设的冲突与耦合中进行解释。

我们可以通过借用铸币税引致的金融市场市场化建设的案例来说明上述问题。金融的自由化往往被看作市场自由化的标志,政府管制往往被认为会造成福利的损失,哈伯格三角形表示的超额负担给了政府不干涉的充足理由。但是,政府的管制是从来没有消失过的,理由就是管制可以给政府带来利益,短期的利益会造成制度建设的成本增加。在尼科尔斯看来,政府为了获得铸币税可以限制或者替代基础货币来垄断货币的发行。政府通过垄断来获取超额的利益,如果细分的话,所采取的方法包括:限制本国公民获得、持有或者以外币通货进行交易;政府通过法律可以限制对活期存款支付利率,这些都降低了政府通货的替代物的可获得性和吸引力。让政府和私人发行的债券仅仅成为不兑现通货的弱替代物的政策可以产生相同的效果。

政府为了铸币税的取得,这种做法显然是和民众要求的长期制度建设相矛盾的。政府的财政压力越大,短期和长期的矛盾越大。

如果从政府短期政策操作的目的是为了短期内财政收入最大化的视角进行考察,则可以将这种短期与长期的矛盾用行政效率与经济效率的两难选择来表示。

行政效率,是指政府征收赋税或汲取社会经济资源的能力,以及将这种能力转化为实际财富的行政运行效能。此外，行政效率还被赋予极强的政治功能，即某种制度安排与相应的行政运行要保证国家安全，或者说保证帝国统治的延续性和稳定性（North and Weigngast, 1989）。在邓宏图（2003）的眼中，行政效率在很大程度上就是税赋征取效率，但并不是交易效率，是一个功能性词汇，它本身表示政府在财税匮乏情况下逐步向商业渗透并最终控制的过程。从宏观的角度看，行政效率反映了政府参与财富分配的意志，而不表示社会资源的配置格局所蕴含的经济效率。而经济效率则是指可以用福利经济学的效率标准进行测度的经济增长。

在图 5-6 中，政府的行政效率变化路径为 *MGQ*，经济效率变化路径为 *OGN*。行政效率与经济效率的均衡点在 *G* 点。在 *G* 点之前，政府基于增加财政收入的短期政策操作会促进经济效率的提高，而在 *G* 点之后，行政效率和经济效率的冲突越来越大，短期与长期的矛盾出现①。

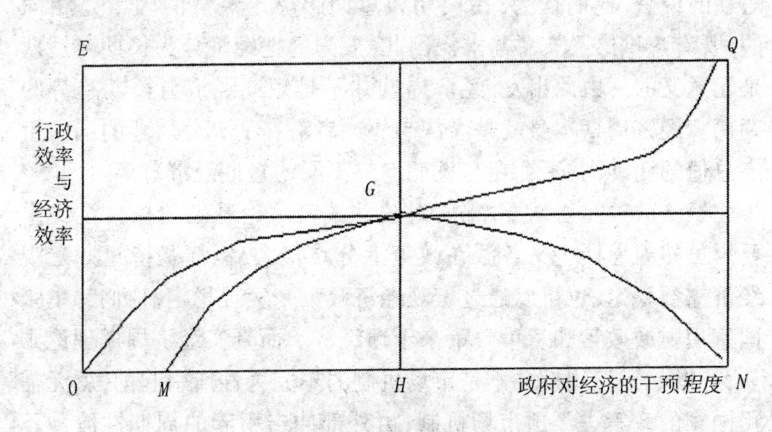

图 5-6　行政效率与经济效率的两难困境

---

① 邓宏图（2003）对此进行过较为详细的分析。见《历史上的"官商"：一个经济学分析》，载《经济学季刊》第 2 卷第 3 期，第 546~547 页。

第六章　财政压力周期变动下的长期制度建设

凯恩斯以反对将实物经济与货币经济分开的“二分法”为切入点创立了宏观经济学，自此之后，将公共政策的研究二分为短期的经济周期波动与长期的经济增长便蔚然成风。凯恩斯主义各派认为，在长期中决定一个国家经济状况的是长期总供给，即长期中的生产能力；长期总供给取决于一个国家的制度、资源和技术，短期中的经济状况取决于总需求。经济周期是短期经济围绕这种长期趋势的变动，或者说短期经济与长期趋势的背离。

随着真实经济周期理论的兴起，公共政策研究的二分法受到了巨大的冲击。基德兰德和普雷斯科特否定了把经济分为长期与短期的说法，他们认为，在长期和短期中决定经济的因素是相同的，既有总供给又有总需求。因此，人为的把经济分为长期与短期是无意义的。由此出发，经济周期并不是短期经济与长期趋势的背离。经济周期本身就是经济趋势或者潜在的充分就业的国内生产总值的变动，并不存在与长期趋势不同的短期经济背离。

经济政策是否需要二分，对公共政策理论基础的探讨至关重要。虽然凯恩斯主义各派在政策上分歧很大，但都坚持短期宏观经济需要稳定，也可以通过宏观经济政策来实现稳定，他们都主张国家用财政政策和货币政策来干预经济。而真实经济周期理论则认为，既然经济周期并不是市场机制的不完善性所引起的，就无需用国家的政策去干预市场机制；由外部冲击引起的周期性波动不可能由政府政策来稳定，而要依靠市场机制的自发调节作用来稳定。因此，基德兰德和普雷斯科特认为，如果政策制定者能够通过某种制度安排或者制定某种规则使得公众充分相信当经济进入下一阶段以后，政府在前一阶段的承诺仍然是它的最佳选择，那么政府所期望出现的结果就能实现。在这种情况下，政府只需要考虑当期的问题就可以使经济达到最优均衡。

行文至此，似乎讨论短期的政策操作与长期的制度建设已经失去了意义，其实不然。真实经济周期理论完全是一种自由主义的观点，其强调的时间一致性以及可信承诺条件如果能够实现，则公共政策只需要研究短期的政策操作就可以了。但是，真实经济周期理论并没有将政府这个黑匣子打开，其所做的假设可以认为是一种无磨擦的理想政府状态。在本书的前言至第三章都已经指明了这样的假设对于公共政策理论基础的探讨了无意义。不仅如此，在第七章中我们在研究短期政策操作和长期制度建设的冲突和耦合中还要详细地剖析二者的关系。

因此，本书坚持考察公共政策理论基础必须从短期和长期两方面进行，但是本书的研究和以上不同。正如在前言中所讲的那样，作者所感兴趣的是是否可以通过探讨短期的政策操作和长期的制度建设，将制度经济学所强调的长期和主流经济学所强调的短期结合起来。强调制度建设的重要性自 20 世纪 90 年代科斯与诺斯的思想传入中国后，便成为中国不少经济学家研究的主旋律和评价政策的主要标准。在很多经济学者眼中，制度经济学是被当作中国的主流经济学来研究的①，其中制度重于技术的论调更是将公共政策的宗旨几乎完全限定为长期的制度建设。在作者看来，这完全是强人所难，因为这与政府的行为模式是不符的。这样的基调，可能对公共政策理论基础的研究产生误导，因为公共政策理论基础的研究首先是要搞清楚政府是如何做的，而不是研究政府应该做什么。如果考虑到政府应该做什么而没有做，就要考查

---

① 作者在与徐秋起先生的探讨中曾经无数次深入地研究过这个问题，大致的结论是一个国家主流的经济学是自然演化的。经济学作为一个对社会现象进行解释的科学，主流非主流的划分，更多的是从事经济研究的人集体选择的结果。

其所受的约束。如果不考虑政府行为的约束,则根本不可能对政策的基础给出明确的解释。而且在对中国20多年的研究证明,片面地强调制度建设和生搬硬套西方主流的经济政策理论对中国的转轨经济特别是公共政策的研究都是偏颇的。因此,努力寻找一种将二者结合起来的方法是必要的,也是令人感兴趣的。

对此感兴趣可能是作者的一厢情愿。对政府在财政压力波动背景下短期政策的研究,必然要考虑到即时政策的延续性问题。作为逻辑一致性的基本要求,本书也必须对短期政策引发的长期问题给出合理的解释。

在本章中,主要是论述政府短期政策操作如何演化为长期的制度建设,重点讨论财政危机时政府长期制度建设的偶然性。并且考虑到在不同的决策体制下,政府考虑的长期和短期问题是不一样的。在这里,将长期制度建设分为两类:一类是可以保证政府长期内财政收入极大化的市场化建设引致的制度创新;另一类是导致微观主体失去创新动力而引致制度僵滞的制度建设。本书重点探讨前者。

第一节　长期制度建设与短期政策操作的累积效应

一、短期政策操作的累积效应与长期的制度形成

政府的行为是短期的,随着财政压力的变化,其政策随之变化。在财政危机时,政府没有时间和能力去考虑长期的事情。但是短期的政策一旦出台,如果没有意外的力量,政府是不会轻易改变的,这也就是制度经济学上讲的路径依赖。短期政策为什么会有路径依赖呢,一个重要的问题就是政策本身是一个合约的变化。合约的变化是需要成本的,它会使社会不同利益集团的权利发生变化。如果短期的政策操作打破原来的制度僵滞状态后,各种要素重新组合,那么这种状态将会随着时间的变化而趋向新的平衡。

短期政策的后果未必能够保证新的平衡的出现，当它导致的权利变化引起了不同利益团体的不满时，合约的修正是必然的，但是正式的合约也就是政策一般不会马上改变。因为，一方面朝令夕改会使政府的承诺变得不可信，以后的政策也难以起到效果；另一方面政策的改变意味着政府否定自己的行为，等于是自我惩罚。在公共部门中激励不足，惩罚更不足。如果不考虑到领导者的行为，在财政压力不是足够大的背景下，政府会坚持风险极小化的策略，它也不会轻易地改变。而只有远见的领导者才会在财政相对充裕的时候进行政策改变，这不是无事生非，而是未雨绸缪①。

从这个意义上讲，政策没有短期和长期之分。本书把公共政策分为短期和长期的一个依据是以政府取得财政收入的时间来划分的。贯穿全书的一个观点就是公共政策的最终目标都是为了取得尽可能多的财政收入。短期的政策操作可以以追求财政收入现值的最大化为目标，而长期的政策在理论上讲是以寻求终值的最大化为目标的。

长期的能够保持很高的财政收入的制度，是政府与市场双赢的结果，是一场长期的合作博弈。财政危机的政府，进行的是一次性博弈，它考虑的并不是长期的制度建设。短期政策导致的长期制度建设往往是因为短期政策操作的外部效应所致。

二、短期政策操作的外部效应

在经济学家和大部分人眼里，政府如果不考虑长期的制度建设，那么政策就是失当的。前面我们着重论述过政府的行为目标

---

① 一般来讲，再有作为的领导者也不愿意去冒险，明智的领导者只是看到了财政充裕背后的潜在财政危机而已。比如《前汉书·食货志上》记载"至武帝之初，七十年间，国家亡事，非遇水旱，则民人给家足，都鄙廪庾尽满；而府库余财，京师之钱累百钜万，贯朽而不可校；太仓之粟陈陈相因，充溢露积于外，腐败不可食"，财力非常充裕。考虑到对匈奴作战可能导致的财政危机，武帝前期的币制改革未雨绸缪。后来因为军费开支太大，财政终致危机，才有了平准、均输、盐铁专营、统一货币的激进改革。前者是主动改变，后者是被动变革，起因都是财政危机，只是一个是潜在的，一个是明显的罢了。

是短期的,以长期的标准来衡量政府的行为,结果是将政策当成了郑人的鞋子,以致政府无所适从。为了迎合社会的评价标准,政府只好做出承诺,但是这种承诺是不可信的。在财政压力较大的时候,政府领导者的心理成本较大,政府是一个执行者而不是一个计划者。因此,短期政策的最初意图并不是为了长期的制度建设,而只是为了解决财政困难。

但是,这并不意味着政府的短期政策操作没有演化为长期制度建设的可能。在上一章中,我们讨论短期政策操作的遗产时以铸币税为例已经说明了短期政策的长期化趋势,短期政策的累积效应似乎不需要加以特别说明,需要加以解释的是短期的政策会引发怎样的长期变化的趋势。

从理论上讲,短期的政策操作在短期内缓解政府财政压力之后,会产生两种效果:一种是扩大财源,为政府以后的财政收入提供稳定的保障;另一种情况是财源萎缩,政府在短期内解决财政压力之后又会遭遇新的更大的财政危机。前者是政府所希望达到的结果,它可以保证政府生命周期的延长,而后者则是政府生命周期终结的重大原因。为什么在长期内会产生如此大相径庭的结果呢,最根本的原因在于政府短期政策操作的方式与次序不同。在第五章中我们提到政府政策操作的次序时,指明了根据民众心理成本的不同,政府采取不同的政策。不同的政策具有不同的外部效应,由此导致的长期效应将会产生如上所言不同的后果。至于这种外部效应的产生为何不同,我们在第二个问题即长期的制度建设中将会重点解释,此处的重点在于如何理解政策的外部效应。

虽然张五常(2001)对于外部效应的存在批评有加①,但是外

---

① 外部性是一个意义不明确的概念。德姆塞茨(H. Demsetz, 1967)认为产权的一个主要功能是引导人们实现外部性较大的内在化的激励。菲吕博腾与S.配杰威齐(1972)认为外部性是经济政策理论中的一个很重要的概念,但是,在很多情形下,合约的议定并不能反映全部的收益和成本,这一事实解释了微观经济学理论不能对外部性提供一个一致的分析性结论的原因,但是一般的外部性理论可以通过拓展已经被接受的教条而得到发展。本书将外部性用于公共政策的研究即是这样的尝试。

部效应仍然被用作经济学分析的重要工具，尤其是在微观经济学的研究中更是如此。将外部效应应用于宏观经济政策的研究并不普遍。在本书中将短期政策的外部效应概括为政策执行的效果与政府当初设想的效果不相一致的情形，可以将其对长期内政府财政收入的影响分为正的外部效应与负的外部效应。

短期的政策为什么会产生外部效应呢？下面给出几个可能的解释。

一方面，政策研究从某种意义上讲就是一个信息的处理问题。一般可以认为，学术研究的效用是将公共政策制定与实施的信息公布于众，使得民众在与政府的博弈中增加选择。建立在民众清晰预期基础上的政策在保持时间一致性方面具有较大的优势。一项政策要想成功，要么政府是骗子，要么民众是傻子。当政府财政压力极大的时候，政府的任何举动都会引起私人权利的极大损害，只有在“无知之幕”的掩盖之下，政府才会顺利实施。而信息是容易渗漏的，政策实施前后的情况变化，使得信息在政府与民众之间的传递发生了变化。再者，政府一开始并不能完全掌握民众的信息，也不可能明了民众对政策的预期反应。因此，短期政策外部效应的产生是必然的。

另一方面，短期政策外部效应产生的更重要的原因在于微观主体选择的变化。可以认为，政府短期政策操作的初衷是一次性博弈，政府的强势使得民众在政策出台初期只能被动接受，类似于一个智猪博弈。而随着政策的演化，民众的创新或被激活或被压抑，制度或者在周期变动中得以创新或者重新陷入僵滞。政策实施初期只为解决财政压力的想法在民众的反应函数中只是作为一个初始的变量，随着民众行为的变化，政府的反应函数也会发生变化。明智的政府会顺应微观主体的要求，而及时地改变政策，也就是所谓的强制性变迁；而不明智的政府则会固执地坚持原有的政策，结果是产生了不同的政策效果。

三、长期制度建设的内涵

从长期来看,财政收入是政府与民众谈判的结果。前面已经讲过,政府通过正式的合约与非正式的合约来获取短期的收入最大化。如果只是考虑一次性博弈,并且是在信息不完全的背景下,这种做法是可以足够保证公共政策的目标实现的。政府行为是短期的,民众的行为是长期的,如果领导者为了继续留任,其与民众的博弈就是连续的动态博弈。随着民众对信息的获知特别是在网络经济时代,"无知之幕"会渐次打开,如何保证长期内可以获取财政收入则是政府必须面对的。

从这个角度来看,长期的制度建设就是寻找经济增长最大化的路径。那么,我们就可以将政府的长期制度建设定义为政府为了长期获得财政收入而进行的一系列制度的改革。在这个问题的研究上如果做一些突破,会使新制度经济学与主流经济学进行更进一步的融合。

短期内的政策操作会产生外部效应,政府希望的是一种正的外部效应,即长期内保证财政收入最大化。外部效应基本上是难以计划的,如果能够计划的话,那么外部效应也就不能称之为外部效应了。此处我们将会探讨何种短期政策能够导致长期的正的外部效应,而尽可能地避免一种负的外部效应。正的与负的外部效应的判断是通过长期内政府财政收入的变化来完成的,是一种用政策结果来判断政策效应的通常做法。判断的标准是社会福利与政府收入是否共同提高,这类似于一种显示性偏好。

那么,什么样的政策会使得政府的财政收入长期内最大化呢?财政收入是私人权利向公共权利转变的结果。财政与经济的关系,一直是一个看似公理,但也是一个很难说清楚的话题。可以证明国民收入最大化与财政收入最大化是不可能同时达到的,但是经济决定财政则是一个基本的常识[①]。只有长期的经济增长才会保证政府收入的最大化,那么这种问题便又回到了何种制度才能保证经济增长上来了。朱光华与刘大可(2000)在研究了经济增长的几种方式后指出,从一个长期的制度变迁过程来看,市场经济比计划经济更能促进经济增长。以市场化为目标的经济改革成为大部分国家改革的方向,市场化最大的优势在于可以激发微观主体的活力。计划经济在短期内可以促进经济增长,但是在长期内则达不到这种效果,市场与计划对经济增长的不同效果正是面对巨大财政压力时不同政策外部效应的正常反应。

概括起来说,财政压力对政府破产造成的威胁会使政府采取两种基本的政策操作,一是分权,二是集权。分权更确切地说是"甩包袱",也就是减少政府支出,而集权则更像是"大包大揽"。计划经济的形成是政府采取了集权的结果,而市场经济则是分权的结果。计划经济的结果是制度陷入了僵滞状态,由此导致了财政危机,政府被迫放权,结果反而是市场的形成促进了经济的增长。

但是,这并不意味着市场经济不会导致制度僵滞。本书所要强调的只是不同的政策会导致不同的外部效应,而计划与市场在不同的财政状况下,都可能成为政府适当的政策选择。当财政压力巨大时,计划相对市场是政府较优的选择,特别是因为制度僵滞而导致的市场难以自我解决而必须要求权威出现时更是如此,而当财政压力变小时,市场是最优的。长期的制度建设则是随着财政压力的不同变化而采取不同的政策。这种理想的做法与政策短期的累积效应造成的路径依赖是相矛盾的,政策也不是可以随便调整的。因此,长期内的制度建设能否在长期内促进经济增长和财政收入的最大化,可以说是一种非常难以预料的事情。政府的

① 关于税收收入与国民产出不可能同时达到极值的数学分析,可参见王书瑶"财政支出与国民产出最大不相容定理"一文,载《数量经济技术经济研究》1988年第10期。

财政压力是随时存在的，而财政危机则不是常态。按照比较优势的理论，通过放权而促进市场的形成可能会比通过集权促进计划的形成更有利于长期内的经济增长。考虑到中国经历了由计划向市场转化的现实，研究短期政策对市场的形成更有现实的意义，也符合经济研究学以致用的基本原则。长期的建设可以通过明确的规则给社会一个明确的激励和约束信号而促进经济增长，从而促进财政收入的增加。其中，政府的偏好对于政府财政收入最大化的影响是直接的。而政府的偏好是受到政府财政状况影响的，其中政府领导者的情操指数和领导者的政治生命周期对于领导者偏好的影响巨大，第二节将会加以详细解释。

第二节 财政危机与市场的形成与发展

从理论上说，市场的形成与扩大使得微观经济主体在合约的执行中更富有主动权，政府可以将合约的完全性增加，从而形成一种规则更加明确的制度安排。市场与政府对未来的预期越明了，市场的规模越大，政府可以将市场更多的剩余转化为公共的收入。但是市场的形成与扩大给政府带来的收入是迂回的，也就是前面提到的 J 曲线效应。财政充裕的时候，政府追求的不是好上加好，因为缺乏动机，这是由政府是风险最小化特点决定的。而在财力匮乏的时候，政府虽然是风险最大化，但是没有能力去考虑长期的市场建设。从这个意义上讲，主动的政府强制性变迁不存在①。我们承认政府主动变迁的可能性不大，政府更多的是实行被动的

① 程虹(2001)认为，林毅夫讲的强制性变迁并不存在，而是从另一个角度进行的说明。他认为，林毅夫将国家推行的制度变迁划为强制性制度变迁，而将社会推行的制度变迁划入诱致性制度变迁，忽视了社会变迁的强制性。制度在形成过程中都是诱致性的，归根到底是利益集团博弈均衡的结果。制度变迁的强制性，更多地体现在对利益集团因利益引诱而达成的制度规则予以承认，并以法律的形式形成为社会的基础规则，同时无论是否有人对此不满意，都予以强制性的推行。

强制变迁，即使是计划经济的出现也是被动的，其原因就是财政危机①，这种强制变迁即是在民众诱致性变迁达到临界点时的一种被迫变革。这种被动的改变如果与民众的要求相一致，则可以成为一种良性的变迁，而如果与其不相一致，那么便会成为一种制度僵滞状态。当然民众在选择时会形成不同的利益集团，只有政策的改变与大多数民众的要求一致时，市场的形成才可能与长期内政府财政收入极大化相吻合，因为这样的博弈与公共选择中的一致同意更接近。

一般认为，市场是一种演化的结果，强制性的力量对市场的形成几乎被一种建构理性的批评所淹没。但是在一种制度僵滞的状态下，政府基于财政危机而救赎的行为，也可能促进了市场的形成，这不仅是中国近30年改革的逻辑而且是世界很多国家市场形成的基本原因。我们在前言中曾经引述希克斯(1969)的观点，即市场经济在西欧形成的最主要动因就是财政压力。他认为，君主们需要大笔金钱去支付战争费用，国家努力克服财政压力，一方面，不断寻求向新财富征税，这导致了现代税收制度的建立；另一方面，由于日常征税仍然满足不了非常时期的军费开支，因此，借债就成为非常迫切的任务。信用是借债的关键，结果西欧国家寻求借款的努力，促进了资本市场和整个金融体系的成熟。另外，美国南北战争后金融制度的建立和金融市场的发展、英国的债券市场以及中国的股票市场的形成等，莫不是政府解决财政危机的外

---

① 军事共产主义的出现是一例。20世纪50年代，中国人民公社的出现表面上看是一种权威思想试验的结果，根本的原因还在于财政危机。张宇燕与何帆(1998)提出的财政压力决定改革起因的假说也是基于对历史上的重大变革的考察。如中国宋、明两朝中期的两次大变法，均肇始于财政长期亏空的积弊。1642年英国爆发的由奥利佛·克伦威尔领导的内战以及1688年的光荣革命也都和君主与议会的财政权力之争有关(金德尔伯格，2007)。偿债压力不仅是法国大革命的直接起因，而且在整个18世纪后期，债务危机和由债务危机引起的通货膨胀始终左右着动荡的法国政局(Sargent and Velde, 1995)。第一次世界大战后德国由魏玛共和国一步步蜕变为专制政体，并最终使希特勒代表的法西斯势力能够执政，是与其战后承担巨额战争赔款而引起国家财政几乎濒于破产直接相关的，而Rodrik(1996)则认为危机导致改革是老生常谈。

部效应的结果。

在本节中我们重点通过产权的改革、收入分化以及对外开放中的博弈来论证财政危机与市场的形成,以解释我们前面提到的短期政策操作的外部效应与长期制度建设的形成的关系。之所以选择这三个方面进行解释,是因为三者是市场形成与扩大或者缩小的核心要素。私有产权与市场有着天然的联系,收入分化形成的利益集团会缩小市场的规模,而外部的挑战则会使得市场由国内延展到国际。

一、产权的改革

虽然有人认为市场经济与计划经济的不同并不在于产权的不同,而是在于激励与约束的不同(钱颖一,2001),但是私有产权与市场的密切关系基本上成为一种共识。虽然我们可以认为,以公有经济为主的经济体内可以存在市场,但那肯定不是古典学派认可的纯粹的市场。作者相信,因为中国独特的道德文化传统,中国不可能走资本主义道路(钱穆,2001)。但是,中国经济正在进行部分公有产权向私有产权的转变则是事实,东欧等曾经长期实行过计划经济的国家的转轨也经历了这一过程。产权的转移必然引发政府财政的变动,这与财政概念是一致的。根据我们在第五章的分析,产权改革的初始动机就是财政危机。私人产权向公有产权的转移产生了计划经济,公有产权向私人产权的转移则诱发了市场经济的形成和扩大。不仅如此,财政压力的大小,直接决定了产权改革的进程,而且随着财政状况的变化,产权改革还会出现反复,也就是体制复归的现象,这种体制变化可以放在更长久的时间内进行研究,或许更是一个令人感兴趣的话题。对于中国历史的研究一直缺乏从财政的视角来解释王朝更替的系统性分析,是一件非常遗憾的事情①。

下面借助于一个魏凤春(2002)改造过的模型来说明这个过程。阿吉翁与布兰查德(Aghion and Blanchard 1994,其模型简称为AB模型)提出了一个从劳动力市场摩擦的角度来研究经济转轨的最优路径。经过改造后的模型如下②:

本模型以政府出于财政危机而被迫改革的某一时点为初始点,并且在时间上连续;非国有经济经历了从无到有的过程;二元经济条件下,劳动力流动受阻;政府对失业的补贴是通过征税、发行国债以及出售国有资产来完成的;在改革初期,政府为了解决财政危机而引入了外部资金,并形成了经济增长对资金的依赖。为了维持这种局面,政府实施的政策都是在维系这一链条不至于断裂。比如说,政府推行产业结构的调整,其主旨也在于用资本和技术代替劳动。

我们假定,此时劳动力人数为1(劳动力由两部分构成,非农部门存在着公有部门劳动力的退出和私有部门的接纳;由于存在着进入壁垒,农村中的剩余劳动力除少部分进入私有部门外,大部分仍然附着在土地上)。N_p^t 表示 t 时刻私有部门的劳动力人数,N_s^t 表示 t 时刻国有部门的工人人数,这二者组成了非农的就业

---

① 在未来的研究中,作者想通过对中国历史上产权变革与财政变革的关系进行考察,以解释在历史的演化中产权改革如何引发了财政的危机,而财政危机又如何引发了产权变化的复杂关系,从而完成一个从财政的视角考察王朝更替的研究过程。

② 改造的理由如下:AB模型适用于激进改革的初始私有化阶段,此时私人没有资本用于购买国有资产,转型只有无偿转让一条路。它只适应短期的政策操作,而没有对短期政策的长期效应进行分析,此为其一。其二,该模型只假定市场规模一定,没有考虑到产权转移在扩大市场方面的作用,也没有考虑新增劳动力和技术进步的影响。其三,该模型对劳动力均质、完全自由流动与劳动力供给有弹性的假定是建立在一元经济的基础之上的,没有考虑二元经济条件下劳动力流动受限造成的资源配置的扭曲。其四,AB模型肯定了政府在强制性变迁中的作用,考虑了征税和通货膨胀对失业补贴的影响,但忽视了通货紧缩对政府财力的影响。在此背景下,产权私有化进程会减缓,政府提供失业补贴的能力会减弱。其五,产业结构调整对失业和所有制改革具有重要的影响,AB模型没有涉及。其六,AB模型假定在激进的转轨中,国有经济规模趋向于收敛,其对劳动力的需求不再增加。增量改革中,国有经济的规模在扩张而不是收敛,即使是收敛也是动态的相对收敛。最后,随着产权的改革,国有资产流失到分利集团手中,政府并没有得到相应的资产变现值。隐性化公为私,使得政府财政压力增大,影响了强制性变迁的进程。

量，相应的失业人数用 U_u^t 表示。农村的就业人口为 N_r^t，U_r^t 表示农村剩余劳动力。整个社会的失业人数为 U_t。三者关系为 $N_p^t + N_s^t + N_r^t + U_t = 1$。

国有部门劳动力减少的速率 $N'^t_s = dN_s^t / d_t$，由政府决定。影响私有部门劳动力增加的速率为 $N'^t_p = \alpha[1-(W_t+Z_t)](1+\delta)(1-\theta)$，$\alpha$ 为比例系数，W 为 t 时刻私有部门的净工资率，Z 是为支付失业津贴在 t 时刻对工资征收的税款。随着改革的进行，私有部门已经具备打包接纳国有部门的人员和资产的能力。资本的剩余使得这种购买对私营企业劳动力的增加起到了加速作用，用 δ 表示。相应地，政府不会得到剩余的国有资产变卖收益，私有部门对产业结构的调整是市场决定的。资本和技术推动经济增长的同时，减少了对劳动力的吸纳，这种减少的程度用 θ 表示。由于土地的约束，农村劳动力的变动很少，增加的劳动人数转化成了农村剩余劳动力。

政府的预算约束为：$bU_t = (1-U_t)Z_t$，b 表示失业的补贴额。

假定失业津贴覆盖所有的失业人口，对所有的劳动者实行单一的人头税。

在所有制改革过程中，政府面临短期失业增加导致财政压力加大和长期经济增长的矛盾。给定政府经济增长最大化(财政收入最大化)的行为目标，将产出净现值的最大化作为决策的标准。

考虑全国的失业人口，用 VU_t 表示失业价值流，VN_p 表示在私有部门就业的价值，ρ 表示贴现率。

$$\rho VU_t = b + N'^t_p / U_t (VN_p^t - VU_t) + V'U_t$$

$\rho VU_p^t = W_t + VN'^t_p$，农村劳动力不能自由进入国有企业，可以进入非国有企业，前提是必须接受低工资的待遇。由于农村剩余人口的冲击，国有部门劳动力就业受到冲击，工资与失业价值都下降，二者差额可以设定为不变的 C。

所以有

$VU_p^t = VU_t + C$，这意味着 $V'N_p = V'U$。

整理得 $W_t = b + c(\rho + N'^t_p / U_t)$。

求 $Max\int_0^{\infty}(N_s^t Y_s + N_p^t Y_p + N_r Y_r)e^{-\rho t}d_t$，

Y_s，Y_p，Y_r 分别是国有、私有和农村的边际生产率。由于 $Y_s < Y_p$，$Y_p > Y_r$，因此，此公式中的极大值等同于求 N'^t_p 的极大值。

因此，将 W_t，Z_t 代入 N'^t_p 的公式，则有，

$$N'^t_p = \alpha U_t / [U_t + \alpha c(1+\delta)(1-\theta)] \times [1 - \rho c - b/(1-U_t)]$$

$$(1+\delta)(1-\theta)$$

$$\alpha U_u^t / [U_u{}^t + \alpha c(1+\delta)(1-\theta)] = 0$$

$$[1 - \rho c - b/(1-U_u^t)](1+\delta)(1-\theta) = 0$$

这决定了失业对 N'^t_p 影响的程度。从中可以寻求到产出最大化要求的失业率和所有制改革的速度。

分别解方程，当 $U_t = 0$，则 $N'^t_p = 0$；或者，当 $U_t = 1 - b(1 - \rho c)$，或者 $\delta = -1$，$\theta = 1$，则 $N'^t_p = 0$。

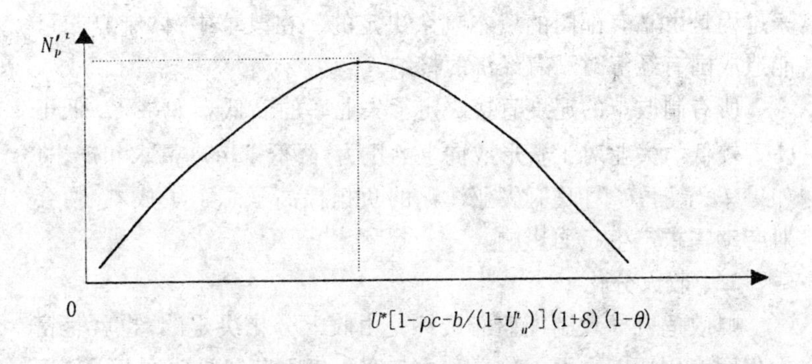

图 6-1　财政压力与所有制改革的关系图

从图中可以看出，财政压力直接决定了所有制改革的进程。

如果 $b=0$，则对于任意的 U_t，$dN'^t_p/d_u>0$，那么所有制改革、产业结构调整就可一步到位。也正因为 $b>0$ 或者说因为 b 无限大才使得政府的财政压力巨大，计划经济难以承受才导致了财政压力下的改革。也因为 $b>0$，理想的产权改革才不会是那种完全的私有化。在来自私有经济的税收满足公共支出之前，政府控制国有部门以保财政收入亦属正常。因此，一些消费弹性非常小的行业便会被政府所垄断。除非财政危机非常严重，政府不得不借助外部的力量来打破内部的制度僵滞状态时，这些行业或者部门的垄断才会在外部的挑战下得以打破。

若政府财政满足 $b=\infty$ 的要求，会产生相同的效果，体制便会复归，原因在于失业补贴的增加加大了政府的财政压力。此时，政府又会通过没收私有产权的方式来解决财政压力。

另外，在经济产出最大化和最佳失业率之间具有一个对应关系，所有制改革太快、太慢都会对失业和经济增长产生不同的影响。由 $\delta=-1$，$N'^t_p=0$ 可以知道，经济增长的最基本要求是 $\delta>-1$。$\delta<0$ 意味着私营经济被国有经济接纳，$\delta>0$ 意味着私营经济对国有经济退出的接纳。前一过程是政府制度安排的结果，后一过程是由私有部门的资本剩余决定的。在改革中，体制复归可能造成国有经济对私有经济的接纳。

所有制改革的速度直接决定了失业率的高低。如果 U_t 低于 U^*，较低的失业对工资形成向上的压力，降低了劳动需求和产出。如果 U_t 高于 U^*，政府失业津贴的负担提高了总工资成本，便会对劳动需求产生负面影响。

二、收入分化

财政危机导致制度僵滞最终是由收入分化决定的，也就是富人集团有创新能力而无创新动力与穷人集团有创新动力而无创新能力所造成的必然结果。解决财政危机的最终方案是以消除贫富分化为基本取向的。

我们在政府生命周期模型中已经说明,财政危机引致了新政府的出现。为了解决财政危机,政府一般会采取两种策略:一是外部的借款;二是内部将富人集团的财富强制转移给穷人集团,并且这个财富净转移的速度是由快到慢的。穷人集团财富的增加,在创新系数的加速度作用下,经济得以增长。

当然,政府解决财政危机还可以通过"甩包袱"的方式解决,这意味着从旧体制中分离出去的生产要素现在必须在竞争中自己求生存。根据熊彼特的观点,经济增长的动力来自创新活动,新兴部门在适应市场竞争的过程中扮演的正是创新者的角色。由于特殊利益集团的打破,新兴组织获得了新的增长空间,其创新的动力十足,并逐渐成为经济增长的主要源泉。新兴部门持续增长,而旧的既得利益部门则相对停滞,最终两个部门之间增长率的差别会变成它们在国民经济整体中所占份额的差别。按照张宇燕与何帆(1998)的观点,这时候政府就可以向"新增财富征税"了。因为,新兴部门适合充当转折时期国家财政收入的新的可靠来源。为什么向新增财富征税成为政府适当的政策选择呢,这就在于新兴组织的发展扩大了市场的规模,为政府财力的增加提供了保障。

奥尔森(1995)指出,在一般情况下,社会中的特殊利益组织或集团会降低社会效率和总收入,并使政治生活中的分歧加剧。收入分化的打破其实就是解决特殊利益集团的重要途径,孙广振和张宇燕(1997)认为新兴组织的出现是解决旧有"分利集团"的有效办法。在消除分利集团的诸种设想中,奥尔森谈到,采取剧烈变动的措施并促使经济高速增长,或是在封闭的体系之外引入自由贸易,都能有助于削弱分利集团的影响。前者是扩大了国内的市场,后者则是将市场的地域从国内延展到国外,最终的结果还是扩大了市场。市场的扩大是微观主体权利增大的基础,也是政府财政收入长期最大化的基础。

收入分化的解决,特别是以消除特殊利益集团为目标的政策不仅增大了市场,扩大了政府的财源,而且还会使得政府的权威得以加强。前者是新兴组织创新的结果,而后者则是政府博弈对手的分散化所致。

当然我们也能看到,这个过程是一个演化的过程。当收入分化经历了由高到低之后,由于新的利益集团的重新出现,不同利益集团的创新动力和能力又会发生变化。因此,收入分化程度又会重新走高,经济增长将会停滞,市场便会萎缩。

三、对外开放中的博弈

(一) 外部资金进入与市场的延展

在政府生命周期模型中,我们论述过在一个对外开放的博弈中,政府借债是通常的做法。财政危机时期的对外开放往往是被迫的,因为如果一个政府与特殊利益妥协,那么开放的条件便是用国内某些集团的特殊利益来换取国外资金的援助。结果是打破了国内的垄断,市场扩大了,穷人参与谈判的能力增强了。

政府在对外开放时,最初的想法即是通过外部资金解决内部的财政困难,并不愿意联通国外的市场。一个简单的理由是,国外资本的进入不可避免地引发政治的竞争。在一个封闭的国内经济体内,政府对公众公开的信息可以相对地少,同时内部集团的压力使得政府政策推行的风险相对较小。而在开放的国际社会中,一个对国际事务处理经验不足的政府,总是担心外来的冲击会给其合法地位带来不稳定的因素,除非万不得已,否则是不会采取风险最大化选择的。政府在对外开放时是有如意算盘的,即等外部资金解决了内部的财政困难后,便立刻对外来资本进行管制。但是短期政策操作的累积效应,使得政府一旦面对国外的市场,便不得不重新考虑一国经济如何在世界经济的潮流中为国民获得最大化的福利问题。在对外开放的过程中,政府或者领导者不得不面对国内民众对其的批评。特别是一个经济实力相对弱小的政府,如何在国际经济一体化中尽可能地保证国内民众的社会福利水平不受损失，可能在当初开放时并没有认真考虑。

（二）外部资金对国内市场的影响

财政危机可以使市场由国内延展到国外，这既是机遇也是风险。国际资本的特点决定了只有国内经济的增长能够长期保证足够高的回报时，它才能成为国内稳定的财源。一旦这一条件难以保证，资金链条便可能断裂，财政压力便会陡然增大。

国际资本给一国经济带来的不确定性，更多地体现为本国经济增长方式的转变。财政危机的直接表现是国内财富的减少，外部资金的进入在解决了财政危机的同时也框定了本国经济的增长方式。政府引入外部资金的时候是风险追逐型的。为了解除财政压力，政府可能采取短期内增加 GDP 而在长期内可能并不有效的措施，通过此政策的成功，它达到毕其功于一役的目的。外部资金的进入，资本推动的经济增长方式便会立即显示出其成效。而且在劳动力极端异质、知识资本普遍不高的发展中国家，劳动对经济的推动是一个缓慢的过程。迫于短期的财政压力，政府不会通过增加教育的支出来提高劳动者的创新能力。在劳动力收益低于资本收益的背景下，政府主导型的强制性变迁，采取资本推动经济增长便是合理的行为。如此一来，政府将会在财政压力短暂缓解之后，坚持风险最小化的考虑。为保证这一立竿见影的增长模式的持续性，政府采取各种手段来维持资金的投入。金融抑制、所有制改革、发行国债、对消费弹性低的产业实行垄断以及产业结构的调整等，政府都是在维持这种资源配置的方式。政府对这种做法可能导致的风险顾及较少，将这一纤细的链条置于全球经济的波动之下，风险是巨大的。一旦类似于亚洲金融危机等经济不确定性形成时，这一增长模式必需的资金链条将难以为继。经济衰退或者崩溃造成的财政压力使得政府又采取了风险偏好的政策，政府可能会选择一种替代市场的行为。私人权利向公共权利转移，市场开始缩小。政府现在的做法要么是向国外借款，重演外部资金挽救政府财政危机的一幕；要么是通过大包大揽，实现体制的复归。政府是没有能力甩包袱了，因为在只顾及财政收入增长时，政府根本就无暇顾及以失业为主要内容的“包袱”。

（三）国内政府被国际资本俘获

依赖于外部开放来解决财政危机，固然可以扩大市场，但是如果国际市场的扩大是以国内市场的缩小为代价的话，那么一种政府被俘获的新的局面将会出现。在第四章，我们谈到政府被俘获的成因，那主要是谈及国内企业的俘获。这里主要阐述国际资本对一国政府的俘获。

俘获的标志之一是契约的锁定。

前面我们曾经简略地提到，财政状况的好转使得政府认识到在财政危机时与外国资本签订的合约需要改变，才能保证本国公民福利水平不致下降，比如税收的超国民福利待遇，在国内市场逐步扩大的同时就显得不合时宜。政府在寻求契约的重新修订时，会遇到国际资本巨大的阻力，单方面的毁约会影响到政府再一次国际融资的信誉。信誉毁坏的一个原因可能是政府财政压力缩小时国际谈判实力已经足够大；另一个原因也可能是政府财政压力足够大，以至于政府采取了强制消债的不守信用的行为。赌博式的冒险行为已经使得本届政府放弃了以后国际借贷的选择，可以说本届政府的生命周期行将结束。

俘获的标志之二是契约的改变。

政府在引进国际资本时考虑到了通过限定国际资本只进不出的做法可以锁定资本，使其投资长期化，而如果当一国经济增长速度开始呈现边际收益递减的时候，资本获利的机会开始减小。原来以取得长期收益为目的的国际资本开始考虑转移到全球收益更高的其他地区，于是长期投资开始变为短期游资。一国的财政压力变大时，国际资本又会要求政府更多地开放市场，比如要求资本自由流动、汇率可以自由浮动等,都可以看作是资本撤离的信号。如果国内资本不能维持资本推动型经济增长的速度,那么国际资本撤走,对一国经济的影响将会是致命的。

(四)权威

政府生命周期模型认为,旧政府向新政府的转型期是权威出现的最好时机,权威的出现往往是借助于外部的力量。因此,在对外开放的博弈中,权威的偏好对一国公共政策的影响是非常重要的。如果放在市场形成与扩大的层面上讲,权威的作用更多地体现为如何保障国与国之间竞争过程中公平原则的实施。这是维持国际市场的基本原则,当然这种原则更多的是一种经济、政治实力博弈的结果。只有通过内部市场的扩大,权威才能在国际的舞台上展示自己的风采。

第三节　不同决策机制下的长期制度建设

在谈到短期的政策操作导致了长期的制度建设,特别是市场的形成与扩大时,就不得不讨论不同的决策体制对这一机制的影响。在分析短期的政策操作时,我们提到过不同的政府可能采取不同的政策,因此,不同决策机制对长期制度建设的影响也是不一样的。

在此我们重点讨论集中决策与分散决策下短期政策对长期政策的不同影响。转轨的国家,都经历了一个集中决策向分散决策转化的过程,而转轨的重要原因就是政府的财政危机,这个过程为我们探讨短期与长期政策的关系提供了很好的范本。

探讨这一问题的第二个重要理由,是为下一章短期的政策操作和长期的制度建设的冲突与耦合准备条件。

一个更重要的理由是这个问题的探讨会对现实的疑问进行清晰地剖析。经济学家总是容易陷入极端的,在东亚金融危机发生之前，将东亚发展称之为“东亚奇迹”，全面认同政府集中决策的运行模式，而在危机之后，则又出现了全面否定政府集中决策的极端作法。按照樊纲(1996)的观点，要肯定东亚发展模式中政府在发展初期的特殊作用，不必走向另一个极端，不应因为发生了危机就彻底否定一种发展模式中的合理成分。本书就是对此种观点的一种注释。

一、集中决策的短期化

不同的体制下实行的短期政策操作演化为长期制度建设的路径是不一样的。财政危机的解决必然要求权威的出现，而权威的生命周期又决定了权威不会在危机解除之后退出。集中决策最适宜的环境是收入分化引发的制度僵滞时期，而在制度创新时期，微观主体的自主性与权威的集权存在着矛盾。权威的短期政策操作如果成功了，便会增加其政策施行的路径依赖。但是，要素的配置和收入分配的原始条件都发生了变化，集中决策的收益开始变化。因此，权威的长期存在并不能够保证长期内市场的扩大以及政府收入的最大化。

当然，集中决策的领导者道德情操的不同对政策操作效果的影响也不同。自我约束能力极强的权威可能会延长短期操作引致长期收益最大化的时间，但是并不能改变这一趋势。

二、分散决策的长期化

旧权威的退出，可能是新权威的出现，也可能是分散决策机制的形成。分散决策可以更好地考虑微观行为主体的自主性选择，它所适应的是制度创新时期，而在一个制度僵滞时期，分散决策只能导致公共的悲剧。分散决策也是利益集团博弈的结果，同样存在着短期和长期的矛盾。理想的选择是集中决策解决了财政危机之后，权威退出，集中决策让位于分散决策。分散决策导致制度僵滞之后，权威重新出现，这是一种理想的规范分析。事实证明，经济演化的过程，根本就不是理性建构的结果，集中决策与分散决策都不可能理顺短期与的长期关系。

第七章　短期政策操作与长期制度建设的冲突与耦合

短期的政策操作虽然有理论上的顺序，但是相机抉择仍然是其基本的特征。长期的制度建设虽然是短期政策操作的累积效应所致，但是仍然可以看作是规则一致性的表现。始于财政压力的政策操作，在政府和民众看来都希望毕其功于一役，但是短期政策的外部性使得其几乎不可能与预期的结果一致。因此，二者的冲突是普遍的现象。虽然要求政府在制定政策时考虑长期的制度建设是勉为其难，但是探讨短期政策操作和长期制度建设的耦合仍然是公共政策研究的重要任务。

本章将在充分剖析短期和长期冲突的基础上，试图给出二者耦合的几个条件，目的在于寻找到一条将短期政策操作顺利演化为长期制度建设的路径。我们将会得出一个并不完全令人沮丧的结论：这样的路径很难找到，良好的政策是尽可能地使其效果更靠近理性的目标，而不可能完全达到。

第一节　长期制度建设和短期政策操作的冲突

一、二者冲突的普遍性

短期的政策操作和长期制度建设的冲突已经成为公共政策研究中不可回避的话题，这种普遍性源于民众和政府以及经济学家对政府行为不同的观察视角，一种集体选择的逻辑结果难以获得一致同意是必然的现象。因此，正视短期和长期冲突的普遍性是寻找其耦合可能性的基础和前提。

二、二者冲突的原因分析

(一) 流行的看法

在大部分经济学家眼中,短期政策操作和长期制度建设的冲突,往往是作为时间不一致性的问题进行讨论的。但是,由于主流经济学和制度经济学的矛盾,这种讨论一般限于宏观经济学范围之内。如果将长期的制度建设看作是短期政策操作的累积效果,那么这种讨论完全可以放在一个统一的框架内进行。从这个意义上讲,两大学派结合的可能性非常大。

普雷斯科特和基德兰德(Kyland F. and E. prescott, 1977)对经济政策不一致性的观点可以看作是经济学界流行的解释。他们1977年的经典论文认为,政策制定者面对的不是与一成不变的大自然之间的简单博弈,而是与理性个体之间进行的动态博弈。理性个体能够观察并预期到政府政策会随着经济环境的变化而变化,从而使许多经济政策的可信度下降,这时时间一致性问题就会产生。

何德旭、王朝阳、应寅锋(2004)在对两位诺贝尔经济学奖获奖者的评论中指出,根据博弈论理论,动态博弈并不是时间一致性问题产生的根源。经济政策产生时间一致性问题的根源包括三个方面:

一是参与人偏好随时间的不规则变化,即如果人们的偏好是时间的不规则函数,那么在某一时点做出的最优决策往往不能持续到以后。这时要解决时间一致性问题,人们就必须对未来做出前后一致的计划,或者事先做出一些承诺;

二是政策制定者与经济个体之间的目标函数存在实质性差异。实际上政府的目标函数与经济个体的目标函数是有差异的,正是这种差异性导致了时间一致性问题的产生;

三是经济个体之间因偏好不同而产生的外部性。由于众多经济个体的效用函数不完全相同，而且都只是追求自身效用的最大化，而政府则希望能够代表所有经济个体福利的社会福利函数最大化。这样某个个体的最优选择会通过社会福利函数来影响政府的决策，从而对其他经济个体产生外部性，进而导致时间一致性问题。

这种不一致性在制度经济学家眼中，是如下解释的：

诺斯和托马斯通过有名的诺斯悖论指出了政策的不一致性。他们认为，国家进行制度建设的目的在于保证财政收入最大化和保证社会成员收入的最大化。上述两个目标时常是相互冲突的，也就是说政治组织和经济组织的报酬递增要求不一致。政府追求自身报酬的结果是企业的大量破产和经济的严重衰退，也就是说政治组织的报酬递增以经济组织的报酬递减为代价，制度变迁陷入锁定。

随着交易成本在经济学方面普遍适用性的增强，对政策不一致性的探讨进入了一个新的领域。一个不完全合约的执行，难以避免因为资产专用性而产生的机会主义行为，而时间不一致性则是其中的重要表现。由于政治学中的交易成本远大于经济学中的交易成本，因此，政治交易中的时间维度造成的动态不一致性问题格外尖锐。他们认为，由于缺乏保护性的条款，机会主义会导致交换的中断，而这种机会主义是由投出选票以换取政策承诺或是换取未来的选票的机制决定的。

（二）财政约束

前述流行的分析更多的是从政府与经济个体之间的博弈关系考察的，对其间运行的机理，特别是政府内部的机制并没有进行更加深入细致的分析。本书从两个角度进行时间不一致的分析：一是财政约束，此为根本；二是利益冲突。在此基础上可以探讨如何解决这种冲突。

有关财政约束导致政府短期政策操作与长期制度建设冲突的

原因已经分析得非常仔细,为了逻辑的一致性,这里再简单地总结一下。

短期政策操作和长期的制度建设并不必然是冲突的,冲突的原因在于财政的约束。行为生命周期模型(BLC)认为,长期与短期对政府来讲,就是贴现率的不同,财政压力对政府心理账户的影响很大。财力充裕的政府是计划者,而财政压力大的政府是执行者,这就是二者冲突的根本所在。这也暗示了冲突解决的一个基本条件是需要一个财力相对充裕的背景。

财政压力的缓解并不一定能够保证短期与长期政策的统一,它只是为二者的统一准备了条件,一个基本的理由是"巧妇难为无米之炊"。即使政府承诺了前后政策的一致性,那么由于财力的约束,前期的承诺也不会履行。在此基础上所要进行的则是一些技术上的改进,这包括契约的修正,公共选择规则的改变等。

(三) 利益冲突

短期的政策操作和长期的制度建设的矛盾,最根本的原因还在于利益的冲突。

首先,政府短期利益和长期利益的冲突。即期财政收入的最大化可以减低政府的心理成本,一个从短期考虑的政府如果不是财政收入足够支撑其消费,它基本上难以考虑长期的收益。

其次,微观主体利益的冲突。公共政策的本质是权力的转移,不同的利益集团对权力的拥有是不同的。任何的政策都是利益集团博弈的结果,对政府具有控制权的集团对于政策的改变往往是持反对意见的。而那些其他的集团则希望政策变动,因为对于财富接近于零的集团来说,动比不动好。

最后,政府利益与微观主体利益的冲突。政府的行为目标与市场主体行为目标的不同,以及政府或者领导者的偏好等都引发了二者的冲突。作为一个代理人,政府可以通过设置信息障碍,进行内部人控制,从事着在委托人看来存在着逆向选择和道德风险的事情。代理人也可以通过规则的修订,例如通过宪法条款的修正而增加对政府行为的规制,意图使政府在一个相对完全的契约框架内行事。代理人与委托人的利益博弈,使得政府在公共政策的操作时,难以做到前后一致。

第二节　短期政策操作与长期制度建设的耦合

时间不一致性或许不是一个问题。如布林德(Blinder, 1998)认为,实践中政策制定者并没有按许多经济学家所宣称的时间不一致性去行事的动机。而且,泰勒(Thaler, 1985)也指出,在均衡状态下,时间不一致性并没有造成严重偏离最优点的政策偏差。但是,短期和长期的冲突依然是常态。短期内,社会对政府政策的规范要求不会改变。鉴于此,探讨二者耦合的可能性就成为公共政策研究的必须。

一、二者耦合基本条件的探讨

真实经济周期理论认为,经济政策时间一致性问题的解决方法就在于事先做出令人信服的承诺。即政策制定者通过某种制度安排使经济个体认为,即使经济个体采取了对自身最有利的行动,政府最初的承诺仍然是其最优选择。这种制度安排包括:强化政策制定者的行动准则、加强政策制定者的独立性、建立良好的声誉以及委托一些个体来制定政策等。

我们对政策冲突形成原因的分析不同于流行的看法,因此,对二者耦合条件的探讨也不相同。

本书首先认为,冲突原因消除的途径就是耦合的条件,核心是财政约束的放松。

其次是利益冲突的消除。鉴于不同微观主体利益集团的冲突不可能完全消除的事实,对政策冲突消除路径的选择,应该放在政府与委托人利益冲突的减少上。这包括行为规则的约束,也就是通过委托代理关系形成合约的重新修正,规范政府的行为。其中,在一个相对集中决策的体制下,考虑决策者偏好的改变也是可行的。这样一来,二者耦合的基本条件就有三条,前两条是客观条件,而后一条是主观条件。

二、二者耦合的逻辑

权威在制度僵滞打破后的路径依赖在前面已经分析过,我们从一开始就贯彻了领导者的权威角色。在财政危机时刻,制度僵滞背景下,收入分化背后是特殊利益集团对政府的俘获。只有愿意承担风险的具有创新精神的人,才可能成为权威并且能够获得相应的报酬。前面讨论的短期政策操作,往往是强有力的权威为打破制度僵滞而实行的无奈之举,它的出现是一个减少决策的交易成本的问题。

现在的问题是,权威存在的政府能否保持政策的一贯性呢?更为现实的事实是,在制度僵滞时期领导者已经通过打击与收买竞争对手取得了对政府的垄断地位。其打破僵局后,继续控制政府的可能性越来越大。如果短期的政策操作成效显著,或者说是促进了经济增长,社会民众福利的提高就会增加领导者卸任的难度。领导者主动提出离开原来的位置,是概率极小的事情。

一方面,继续加强权利可以促进领导者效用的提高,但是其边际效用在递减;另一方面,因为当初权威是通过竞争上岗的,其下任后可能遭遇到竞争对手的报复,所以权威长期在任便成为一个理解短期政策操作的基础平台。这包括几个问题:权威是否促进了经济增长?如何保证权威将短期的政策操作与长期的制度建设结合起来?权威的道德情操是否可以保证政策的一致性?

财政、规则与偏好是短期与长期耦合的基础,现在的问题便变成了权威是否可以放松前者的约束条件。下面一一分析。

(一)权威与财政约束的放松

权威的出现,除了可以保证短期内制度僵滞状态的打破之外,是否可以促进长期的经济增长，从而使政府获取长期的财政收入，一直是一个争论非常大的问题。

市场经济国家经济长期增长、计划经济导致经济停滞的事实，让许多人认为政治民主与经济自由是高度关联的，认为民主是市场经济的基础和经济增长的希望。温特罗布(Wintrobe, 1998)在其《独裁的政治经济学》中指出，独裁政治是否比民主政治更加有利于经济发展和效率？没有简单的答案，因为独裁政治下的经济体制各不相同。一方面，独裁政府确实比民主政府更有办好事或坏事的能力；另一方面，其再分配倾向致使把财富从一部分人转移给另一部分人也更强。那种将财富再分配给工人的独裁政治不利于经济增长；而降低劳方工资水平，保护资方利益的独裁政治能够刺激经济增长，并且从长远来看，也有利于劳方。

在奥尔森(1993)看来，"朕即国家"的君主有提供公共物品的充分激励，在这方面，民主制度并没有多少明显的优势。甚至在代议制的国家里，小规模的利益集团有可能游说，使议会通过有利于小集团而不利于整个社会的法案。然而，君主制度的致命问题却在于国王的寿命是有限的。他的时间视野会受到他的寿命的限制，一旦他贪图短期利益，就有可能采取侵犯臣民财产、破坏合法契约、增加税赋或滥铸货币的行动。奥尔森指出"国王万岁"并非谄媚之语，而是希望国王有长远眼光，从而遵守契约、保证权利的真情透露。尽管民主制度如奥尔森所揭示的那样，有这样那样的缺陷，但它解决了和平交接政权和约束在位领导人的问题(盛洪，2003)。更为重要的是，民主制度的政治本质要求的对个人权利的保护，正好与经济发展所要求的对产权和契约的尊重相一致，因为现代经济的发展与大量的长期投资相关，而长期投资是要受到长期保护的。就这样，能够长久地保护产权和契约的执行，就使民主制度在与君主制度的竞争中略胜一筹。从这个角度看，奥尔森(1993)的本意还在于呼吁民主制度更有利于经济的发展，即"对民主的道德呼吁几乎受到了普遍的赞扬，却很少有人理解它的经济优势”。

这种分析基本上是一种简单的归纳推理，并不能给我们提供一个相对规范的研究平台。巴罗(Barro, 1997)在《经济增长的决定因素》中的研究发现，作为竞选权利和公民自由量度的民主，与经济增长并无多大关联。他用法治测量产权保护程度，用自由选举测量民主，然后考察这两个指标与经济增长的联系，结果是法治对于增长的效果相当大，而民主与经济增长的关系则相当弱。这就是说，民主既不是经济增长的充分条件，也不是必要条件。他认为民主不是经济增长的必要条件，政治权利的扩大一开始能够促进经济增长，但一旦民主达到适当水平便可能放缓增长的速度。

托马斯与科里斯汀(Thomas plumper and Christianw Martin, 2003)在巴罗研究的基础上建立了一个模型，重新研究了民主、政府支出与经济增长的关系。他们得出的结论是：基于内生增长的模型，民主与经济增长是一种非线性的倒U型的关系，政治的参与者影响机会主义政府的支出行为，因而能够选择一个最优的租金与公共物品的组合以吸引支持者。如果民主的水平保持得比较低，政府将会理性地选择租金作为一个保证政治支持的工具。当公共物品的提供在保证现任政府的生存权方面变得越来越有成效时，随着民主参与的增加，租金变得越来越昂贵。因此，民主程度的提升趋向于促进人均国民收入的提高。然而，只有在中度的政治参与下，民主对经济增长的效果才是正向的。如果在半民主的国家，政治参与的过多，政府就有过度投资公共物品的动机。他们的研究认为，在更多的民主国家中，政府支出对经济增长的成效较高，民主水平与政府在GDP中的分成关系是U型的。

简单地讲，权威与经济增长的关系可以用图7-1表示。随着民主程度的增加，经济增长增加，并且在E点达到一个最高点，其后开始下降。如果将民主与权威相对应，我们便可以发现经济增长与权威的程度正好相反。当权威程度很低时，经济增长速度较高，随后权威程度加强，经济增长达到最低点。之后，随着权威程度的增强，经济重新开始增长。

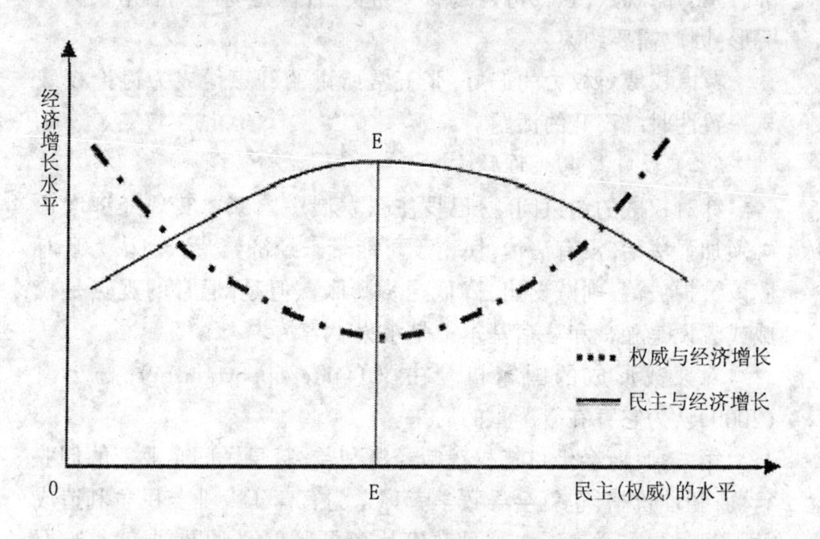

图 7-1　权威与经济增长的关系

对这种关系的形成可以借用第四章已经叙述过的内容来说明。当权威程度不高的时候，民主可以激励经济的创新，对于交易费用的减少作用很大，而当权威程度足够低的时候，民主的结果是一致的同意。在一个人数众多的选择区间，这无疑会耗费巨大的交易成本，经济增长放缓。而当权威保持相当程度时，便可以保证经济以较低的磨擦成本运行。从这个意义讲，交易成本经济学本质上还是帕累托最优的经济学。权威的出现是有条件的，在制度僵滞的时候，民主对于社会福利的提升不如专制，而当制度开始走出僵滞、走向创新的时候，民主优于专制。一个比较理想的做法是，权威完成了使命便自动地退出舞台，但这基本上是不现实的。

权威的出现本身就存在着机会主义的动机，制度僵滞时期的机会主义是相机抉择，是大行不顾细谨。而过了这一时期，权威的机会主义对规则的破坏又会增大民众对制度不稳定的预期。按照张五常(1988)的观点，独裁可以减少交易费用，但是易产生滥用权力的情形，因此需要约束。

考虑权威对权力的偏好，张五常所讲的约束便成为讨论权威与一致性时绕不开的话题。

(二) 权威与规则的形成

针对权威的约束问题，巴罗主张发展中国家要实现经济增长必须加强法治，没有法治，民主不可能带来经济繁荣。他认为政府应该维护法治，削减支出，降低通货膨胀。但是，通常的观点是权威或者说是独裁和法治基本上是水火不容的。

对独裁形成的国家机会主义(state opportunism)，杨小凯(2000)认为它存在着严重的后果。

第一，政府会借口特权垄断经济利益，窒息民间企业家的创业行为，扭曲价格，也就会导致学者称之为官营工商业与民争利造成的恶果。也有学者看出这种政府从商更严重的恶果，那就是哈耶克所说的制定游戏规则和参与游戏的政府角色的混淆。政府的功能本来是制定公平的游戏规则及担当游戏规则的裁判，如果裁判也可以参加游戏，游戏哪还有公平、公正可言?

第二，如果政府的权力没有可信的制衡，政府会追求一党之私利而损害社会利益，造成苛捐杂税、贪污和其他寻租行为。这种国家机会主义的间接后果比直接后果更为严重，因为政府的机会主义行为使社会大众不再相信公认的游戏规则，因而所有人的行为都变成非常机会主义。只要对己有利，可以不顾社会的道德准则，而使社会成为一个偷抢横行、机会主义和寻租行为盛行的社会。

在杨小凯看来，集权的政府不可避免地会出现上面的情形，能提供长期稳定秩序的政治制度只有民主宪政制度和君主世袭制度。一个理由是世袭制部分满足了布坎南"模糊面纱"的游戏规则;另一个理由是通过国家机会主义产生的内生交易费用理论研究得出的民主与市场失败的结论并不成立。因此,其观点可以总结为只有民主才可能防止国家机会主义的出现,独裁背景下对权威进行约束基本上可以说是与虎谋皮。

假定杨小凯的结论是一个定理,那么顺着这个思路向下思考,便会发现我们陷入了一个两难的选择:

一方面,是惟有民主才能保证一个不会产生机会主义的原则的实施。有关民主的起源,一般认为只有英国是原创的民主国家,其他国家,不是受到它的有益影响,就是受到了它及其他英语国家的强制走上了民主道路。在奥尔森看来,原创的民主制度产生的条件,就是独裁制度不能产生的条件,即几个利益集团势均力敌,且混杂在一起居住,不可能分别居住在几个互相分割的领地。任何一方既不可能打败所有对手,也不能建立若干个较小的独裁政体。通常认为,人民不堪独裁暴政的压迫、奋起反抗而导致民主的情形几乎是千年一遇。这种观点在盛洪(2003)的总结下便是这样,就等于说民主是被强加的,或者就没有民主。

另一方面,从本书前面的论述可以看出,权威不会主动退位。新的权威形成之后,所形成的特殊利益集团与权威形成之前的特殊利益集团有所不同。前者是以一个权威为核心的垄断者,后者是以不同的次权威为核心的垄断竞争者①。从产业组织的视角观察,正是因为旧权威对权力的垄断导致的高收益才使得竞争者出现。新的权威出现之后,又会进入一个新的为了保证高的垄断利益而阻挠创新者的周期循环。因此,因为权威的存在对经济增长的促进作用是有限度的,所以本质上权威是难以保证规则的执行的。

---

① 在新旧权威斗争之间形成垄断竞争关系之前,社会存在着以旧权威为核心的垄断组织者。

如此一来,找到一条从制度僵滞走出,并且能够减少不确定性的制度安排便显得尤为必要,因为对大部分的普通民众来讲,权威与民主只是少数人感兴趣的事情。民主有时候只是特殊利益集团之外一部分行动集团为了分享垄断利益的口号而已。从一种制度向另一种制度转变的最通常的原因,是被一种外部力量所击败,这种力量强制性地改变政府结构。我们在第四章中提到,内部的僵滞可能会迎来外部的挑战,这种挑战的动力也在于分享原有利益集团的垄断收益。当然这种收益的获得是短期的,国际资本的运行轨迹便是很典型的例子。

在财政危机时期,政府或者说是权威的政策是短期的应急之作,如第六章所言,这种短期的政策操作具有外部效应。如果这种外部效应的结果是促进了市场的形成、产权的分散以及收入分化程度的下降,那么由权威的独裁过渡到民主则是一种可能。理由很简单,民主本来就是一种谈判的结果。市场的扩大特别是产权的分散,可以使得民众与政府谈判的资本提高。这种结果一般不是权威的初衷,但它也可能产生外部的效应,即民主的形成。

(三) 权威的情操指数与偏好

领导者是不同于一般人的,这是达尔文主义在经济学上的应用。领导者的行为偏好可以在很大程度上影响政策的变化,我们在前面论述过,财政状况是影响这一偏好的决定因素。另外,领导者的情操指数也起着重大的作用。亚当·斯密的《道德情操论》,纠正了其在国富论中对个人私利极端崇拜的褊狭,指明了道德的积极作用。我们在这里并没有否认权威的行为目标仍然是效用极大化,效用的形成可以由物质或者是财政收入来表示,也可以用声誉、威望、流芳百世等来表示。一个权威如果考虑到政策变化给其带来的是金钱和权力之外的效用的话,前面提到的短期和长期耦合的可能性就会增大。这就要求领导者自我控制力的增大,当然,奥尔森所讲的"国王万岁"延长权威的任期也有相同的效果。

第三节　基本的结论

短期政策操作的结果具有明显的外部效应和累积效应，因而长期的制度建设随之产生。短期的政策操作和长期的制度建设因为财政约束和利益的纷争而存在着冲突，二者耦合的基本条件非常难以达到，但并非全无可能。如果短期政策操作的外部效应促进了市场的形成，产权的分散、收入分化程度的下降，以及权威的独裁过渡到民主等则是一种二者耦合的路径选择。这样一种客观地摸着石头过河的结果，一般来说是很难达到的理想境地。政府特别是权威的积极作用就是通过政策的调整，使社会的目标向此理想状态靠近。我们特别提到了有时候权威行为偏好的改变，对于二者耦合的积极作用。

权威主动地改变偏好，使二者耦合，可以使政府在一个较长的时期内保持财政收入的极大化。可以明确地断定，这种状态不会维持太久，因为权威本身是有生命周期的，单是其生理周期的存在便可以证明这种结论。在一个历史的长河中考察，得出王朝更替的结论就是自然而然的事情了。

在这样的平台上，对政府行为的考察便会更加现实。在探讨公共政策理论基础时应该将财政约束作为一个基本的前提。从这个意义讲，很多时候，公共政策从制定到实行都不能取得令人满意的效果，是再平常不过了。因此，很多公共政策从政府的角度来看都是合理的。不管是学者进行政策的建议，还是投资者根据政府的调整进行投资决策，都应该考虑到很多政策对政府来说是不能也，而非故意不为也。在一个更贴近现实的框架内研究公共政策，会使得委托人与代理人之间的关系更加清晰、合乎常理。相应地，学者在分析公共政策时也应该更多地剖析政府的行为，而不是凭空地进行规划。

作者一直坚持客观地进行经济解释，本能地拒绝进行理性的构建。本着学以致用的原则和揭示导致某种固定的行为模式的规律的动机，作者认为在财政压力始终伴随中国改革并且越来越大的背景下，本书对政府行为的解释，有助于对现实问题的回答。作者的主旨即在于努力寻找这样一条失之东隅、收之桑榆的改革之路。

这条改革之路，在下一章将会清晰地展现在读者面前。

第八章　理论在现实中的应用

学以致用，经济理论的最大用处是进行经济解释。从现实的观察开始，总结出有规律性的东西，并将其用于对现实的解释，这是经济学研究的基本路径。前七章总结了财政压力周期变动下的政府行为的理论，在一个制度变迁的框架内考察了公共政策的变化，指出了其中短期政策操作和长期制度建设的冲突和耦合。这些理论在本章将会用来解释中国 50 多年来的政策变迁，特别是对近 30 年来中国改革周期中政策变化的解释提供一个新的视角。

这些研究已经引起了经济学界广泛的兴趣。国内外学者更多地从制度变迁的成因、路径、成本收益等角度进行了广泛的研究，并对未来进行了积极的预测。经济学是对现实的解释，致力于中国经济学建设的学人不应放弃对这一史无前例变革的探索。运用一种新的方法、一种新的视角，在不同的视角下透视体制变迁的现实，则是一种贡献①。林毅夫、蔡昉、李周(1994)，樊纲(1995)、张军(1994)、程虹(2001)、杨小凯(2004)等分别从不同的层面进行了阐述，并得出了令人关注的结论。对重大的变革，人们的认识总是横看成岭侧成峰的。1929～1933 年大危机过去了 70 多年，经济学界对其成因的看法依然是远近高低各不同。对于中国 50 多年的演化，特别是近 30 年的改革，我们尚处于山中，因此不识改革真面目则是常态。给摸着石头过河的中国改革以尽可能多层面的理论解释是经济学的任务。多视角的研究可以提高经济学对现实世界的解释力。

---

① 张五常(2000)评述科斯学术贡献的时候，指出“他的贡献并不在于什么定理，相反，他提供了一种新方法，一种新的角度，能在不同的视角下，透视各种经济现象”。

正如前面几章所提到的那样，政府财政压力的程度是很难量化的。我们运用的是广义的财政概念，它不仅包括政府预算中经常账户的执行情况，还包括债务、铸币税、产权等所有能够引发公共收支变动的过程。财政压力周期变动就是从财政平衡到财政崩溃的过程，在委托代理的框架内，当委托人难以承受代理人提供的公共产品的价格时，便会终止代理关系，结果是财政崩溃、政府失败。在我们对中国近60年制度变迁和公共政策演化的解释过程中，出于谨慎的原则，我们只是考虑财政压力的大小，不进行质的区分。下面的分析，也只是一个学者从经济学视角的学术思考。

从大的财政压力周期变动的框架看，中国经历了两个周期：1949～1978年，1978～2001年。前者是一个完整的从财政危机到财政平衡再到财政危机的周期；后者是一个从财政崩溃到财政压力缓释再到潜在财政危机的过程。如果细分一些的话，前者还包括1958～1960年的财政压力波动；后者则还包括1989～1991年、1998～2000年财政压力的骤然增大。本章主要讨论两个大周期的财政波动下公共政策的演化。

本章的内容分为三节。第一节考察从1949～1978年财政压力周期变动下的政府行为。第二节考察1978～2001年公共政策的演化。第三节论述对公共政策未来走势的逻辑推理。公共政策的演变对契约完全性的影响，财政危机引发的短期政策的操作及其累积效用，收入分化引致的制度僵滞以及集体行动中权威的出现，将贯穿于本章对现实的解释。

第一节　1949～1978年公共政策的演化

1949年新中国成立伊始，新政府面对的就是巨大的财政危机。

财政危机的形成可以从两方面论述：一方面是显性的，包括支付国民政府遗留下的债务、新政权的稳定与维持费用的增加等；另一方面是隐性的，即新政权要体现出优于旧政权的经济绩效，如何选择一种较以前政权不同的经济增长方式便成为政府的一种偏好，特别是财政危机时期，往往就是集体行动领导者的偏好。因此，一种理想化的领导意志便转化为一种人为的试验。这种试验在财政危机时期难以实现，一旦危机有所缓解，便又被提上议事日程。违背经济运行规律的短期试验暗含着巨大的风险。

为了解决财政危机，政府短期政策操作首先是在国内通过合约的改变来完成的。新政权的形成是委托人重新寻找代理人的过程，制度变迁的结果是原来具有决定权的委托人不再具有决定权，而原来没有决定权的则成为一种主流的力量。在国民政府末期，革命的最终含义是穷人不再通过土地、资本或者劳动力这些市场的要素来与富人谈判，采取的是非市场手段的暴力革命。穷人短期内成为具有决定权的委托人，但是由于权威的存在，代理人的内部控制非常严重。新的合约开始形成，但并不固定，也非常不完全。表现在政府的财政收入上，就是税收并没有成为政府经常性的收入。这一方面是因为穷人作为大集团除了人力资本外就没有别的资本，而又由于教育的投入太少，这种人力资本又特别低，随着人头税的废止，税收收入自然不可能增加太多。另一方面是因为战争的破坏，使得原有的土地以及工业资本带来的增值减少，并且新合约未来的不确定性也降低了这部分要素拥有者进行投入的可能性。

根据《中国统计年鉴》的数据，1949 年全国财政收入 303 亿斤粮，支出 567 亿斤粮，赤字占支出的 46.9%。为了弥补赤字，政府公共政策操作的第一步就是发行货币。1949 年 7 月人民币发行总额为 2 800 亿元，9 月为 8 100 亿元，10 月底为 11 000 亿元，11 月达到 16 000 亿元，结果自然是通货膨胀。但是由于财政的收支是以实物计价的，政府并没有获得相应的铸币税。相反，1949 年 4

月至1950年2月的四次物价大幅波动,越发增大了经济运行的不平稳性。1949年12月发行人民胜利折实公债也并没有真正缓解财政危机。而且随着朝鲜战争的爆发,财政危机进一步加剧。

缓解财政危机的下一步政策是政府对经济的垄断。1950年政府实行国家控制,并开始对重要工农业物资和外贸进行垄断,如部分有色金属矿砂、大豆和43%的土产。政府垄断粮、棉贸易的机构也开始发展。1953年开始实行粮食统购统销,1954年实行棉花统购统销,但这并没有真正解决财政危机,或者说一种隐性的财政危机需要新的政策操作。这种隐性的财政压力来自于一种对新政权优越性的证明,也就是证明新政府经济增长优于旧政府。在一个落后的农业国,原有的以劳动投入为主要因素的增长模式难以做到这一点。转化增长方式是证明这种优越性的一种可能的选择。第二次世界大战后,工业国强大的经济实力给中国增大了引进成功的经济增长模式的可能,而新政府在战时实行的集中性的军事化经济管理由于路径依赖的关系便成为建国初期顺理成章的政府规制。

产权变革是满足上述经济快速增长的可行选择。这包括接受旧政府的资产、没收外国在华的资产、逐步没收和改造非国有工商业的资产,以及由此所产生的政府对经济的全面垄断。

新政府接收旧政府的资产显然是合理的,因为新政府接收了旧政府的债务。而没收外国的资产则为对外开放设置了障碍,也减少了借助外部资金解决财政危机的渠道,结果是外部的资金注入依赖于个别的国家,国外资本俘获本国政府的可能性极大。一旦两国之间合约的改变导致外国资本撤走,那么,本国经济运行的不稳定性将会增大。政府发放了巨额的货币,引发物价上涨,微观市场主体的逐利行为更多的被指责为投机、扰乱经济秩序,其付出的代价显然就是私人竞争的市场运行状态逐步被政府垄断所代替。

另一方面，20世纪50年代初期，中国开始向苏联借债，并且接受苏联传统产业的转移。通过《关于苏维埃社会主义共和国联盟政府援助中华人民共和国中央人民政府发展中国国民经济的协定》，确定了156个建设项目。“一五”计划确定了“集中主要力量进行以苏联帮助我国设计的156个建设单位为中心的，由限额以上694个建设单位组成的工业建设，建立我国的社会主义工业化的初步基础”[①]。结果是资本密集型的经济增长模式开始形成，这首先表现为固定资产投资的增长，中国开始了重工业化的进程[②]。经济增长的结果是财政危机得到了缓解。

但是，这一短期政策操作的累积效应和外部效应又使得财政危机出现。由于引入了外资并且效果良好，资本的回报对于财政压力的缓解作用足以让政府改变原有的经济增长方式，并且产生了依赖。这种改变，意味着政府将会试图通过一种方式将劳动密集型的经济增长方式向资本密集型的转变。在一个以低级的劳动力为经济增长主要因素的经济体内，除了强制之外，劳动者的剩余是不可能以自由签约的形式转化为资本的剩余的。在外部资本的进入不能保证稳定的资金流的背景下，通过内部的强制将劳动者的剩余转移，便成为维持这一经济增长方式的最佳方式。在一个代理人内部控制相对严重的体制下，委托人只能被动地接受合约的改变。在公共政策的演化中，政府在农村与城市都采取了性质大体相同的方式。

在农村，这种方式的具体表现为：政府采取初级社、高级社等组织方式，将农民的剩余通过剪刀差、粮食统购统销等转化为政府

---

① 《中华人民共和国发展国民经济的第一个五年计划》，人民出版社1955年版，第18～19页。

② 中国建国初期选择重工业化，经常被解释成领导者的主观偏好，或者说是一种根据经典作家的论述进行的实验。我们不否认这种可能性的存在，但是，一个落后的农业国，实行工业化的阻力是非常巨大的。只有在特殊的时期，这种强制性才较大可能地减少民众的阻力。而选择一种经济增长方式，使之能够取得超过原有体制的经济增长率，则可以有力地支持新政府的存在。

对重工业投资的投入。而在城市,政府通过公私合营等将私人工商业的产权转化为公有的产权。

在这个过程中,经济持续增长,财政压力得以缓解。1953~1957年第一个五年计划期间表现得非常明显。一个例证就是中国本来计划在第一期公债到期后再发行第二期,但是由于经济状况的好转,第二期公债便没有发行。1952~1957年,中国年均工业增长率高达18%,GDP增长率高达8.9%,投资率在17.8%~22.6%之间①。

解决财政危机的成功极大地增强了领导者的权威,于是引发权威偏好的改变。这种改变,一方面表现为政府追求一种经济增长的加速度,另一方面表现为权威独立性的增强。在引入外资促进经济增长以缓解财政危机的过程中,本国政府与外国政府的合约是不公平的,权威的自主决策权受到相当大的限制。当财政危机开始缓解之时,权威开始力图减轻外部政府的竞争压力,这种努力的直接结果便是外部资金对内部经济增长支持的减弱。1958年,苏联单方面中断合约,撤走技术人员并催要外债,开放的经济又进入闭关锁国阶段。资本密集型的经济增长现在只能依赖于不同产业的资金转移。理论上讲,面对外部资金输入的减少,政府的理性选择是减少投资规模,降低经济增长速度。但是,经济增长模式与领导者的偏好决定了这种主动降低增长速度的选择是不现实的。

从这个意义上讲,农村人民公社的形成便是一个必然的逻辑。在新政权成立之时,政府对农民的承诺是土地个人所有,并以此取得了大集团的支持。但是,这一合约随着工业化进程的推进逐步改变。通过人民公社,农民的生产与生活纳入一个军事化管理的、阶层严密的生产车间,市场被彻底取消。结果是整个社会分为两

---

① 《中国统计年鉴》(1999),中国统计出版社1999年版。

个集团，城市工人与农村农民。前者是小集团，是领导者；后者是大集团，是被领导者。两者通过严格的户籍制度完全隔离，大集团是剩余的净输出者，小集团是剩余的净输入者，贫富分化的机制开始形成。

因此，1958年后，“大跃进”、人民公社等的政策操作引发经济崩溃便是顺理成章的事情，政府财政危机达到高峰。

至此，在权威的暂时让步下，放松管制，特别是归还农民对土地的所有权和使用权，便成为“调整、巩固、充实、提高”的主要内容。计划的放松和市场的扩大，使得经济有所恢复。在这一过程中，公共政策观点的分歧增大了内部的交易费用，社会福利损失惨重。加之，二元经济体制下极不合理的激励与约束机制，使得整个社会收入分化程度加剧。其中，限制劳动力的流动，特别是对知识的破坏，直接堵塞了经济增长的源泉。持续十多年的“文革”的结果是制度陷入僵滞状态。1976年，财政危机卷土再来。

穷则思变，制度变迁的理由出现了。

第二节　1978～2001年公共政策的演化

一、甩包袱的改革

1976年“文革”结束以后，中国的财政危机表现为经济增长停滞，特别是农村经济几近崩溃。农民作为中国最大的利益集团，为了生存开始在体制内寻求制度的演变，公共权利非正规地转移到私人手中，结果是社会福利得以提升。这种做法在20世纪60年代初也开始出现过，但是被遏止。20世纪70年代末之所以被认同，关键在于权威的偏好发生了改变。旧权威的退出，保证了新权威影响力的持续性。权威的连续性可以保证公共政策的时间一致性，但是权威的偏好对制度建设的影响是不一样的。强调放权的偏好与强调集权的偏好产生了截然不同的效果，制度建设的长期效应对社会福利的影响也差距甚远。

1978年以后,政府选择的是一种风险偏好型的策略,即放弃了对农民的生活和失业保障的承诺,相应地也将土地的使用权出租给农民,并在以后采取延长租用期限和允许流转使用的方法实现了土地产权的转移。这种做法也是新权威在20世纪60年代财政危机出现之后使用过并被证明行之有效的做法。学习的效应使得政府"甩包袱"驾轻就熟。甩包袱和当初政府大包大揽的做法都是风险偏好型的短期政策操作,二者都是代理人主动中断了委托人的代理。不同点之一,大包大揽许诺了合约改变后福利的提升,甩包袱只是确认了政府可以从土地上获得的基本的租金,将福利的提高寄托于农户自我的激励。不同点之二,大包大揽对合约的改变遭受到大部分农户的反对,而甩包袱是大部分农户之向往,并且有了安徽小岗村成功案例的例证。权威的作用就在于接受这种事实,诱致性变迁得到政府的确认,并且以强制性制度变迁的方式在全国铺开。甩包袱的最初目的只不过是为了解决农村经济崩溃带来的迫在眉睫的财政压力,政府并没有对此举可能造成社会福利的提高寄予多大的希望。但是,短期操作的外部效应非常明显。完全恶化的资源配置在激励约束机制理顺后,帕累托改进非常显著,农村经济恢复并发展得出人意料的好。它的意义首先是稳定了财政形势,为政府下一步改革提供了物质的支持。其次,这验证了放权优于集权的政策操作,政府在其他领域的放权便可以拷贝这一做法。

但是,农村的放权只是缓解了财政的压力,财政危机并没有彻底解决。于是,1981年政府开始恢复发行国债,并且通过增加货币发行量而试图获取铸币税。这种非常态的方式并不能保证政府获取足够的财政收入,不仅如此,这种方式还经常引起经济运行的不稳定性,1988年通货膨胀就是明显的例子。

所有前面的做法都没有增加国内的财富,它并不能彻底解决财政危机。因此,引入外部资金便成为必然的选择。对内改革阻止了财政压力的增大,对外开放的目的在于通过经济增长缓解财政压力。为了引进外部资金,政府实行了非常优惠的政策。“两免三减半”的税收优惠等都表明政府实行了内外不同的国民待遇,签订了一个权利和义务并不对等的合约,这是财政压力增大的表现。

农村的改革自 1978 年开始,在制度变革的推动下,到 1983 年达到顶峰。但是,由于资金投入和技术投入的不足,以及产权的不稳定,农业效率提高对经济增长的推动作用开始减弱。外部资金的引入实际上框定了经济增长的路子。政府的财政压力主要表现为失业的难以解决。农村土地制度改革中,人均土地的规模和产出效益决定了这只是一种失业的保障,并没有更多地提升农民的生活质量。农村的所有制改革对劳动力的吸纳在改革初期是有巨大贡献的,以后则不是很显著。引入外资其实是通过放弃税收来换得就业的提高,政府鼓励私营和集体经济发展的意图也在于此,这是甩包袱以减少财政支出的必然代价。

这种甩包袱还表现为中央政府将财权和事权下放给地方政府,地方政府与中央政府签订包税制的契约。在自主权增大的同时,地方政府相应的事权也开始增大,这给了地方政府制度创新的空间,也增大了地方政府的机会主义行为。前者的突出表现是乡镇企业的发展,后者是政府用命令代替法律,任意地改变其与所属代理人的关系。政府行为以提供地方公共物品为借口,乱收费就是一例。地方在与中央谈判的过程中,占据着主动。类似于诸侯经济的地方政府的作为减少了政府的财源,结果是弱中央强地方的格局开始出现,并渐成尾大不掉之势。在一个相对封闭的经济体内,没有外部的冲击,中央政府对全局风险的承担不是非常迫切时,这种局面可以维持。但是在开放的经济体下,弱中央的局面不可长久维持,因为公共风险的承担是中央政府的应有之责。在 1994 年之前,以财政收入占 GDP 比重和中央财政收入占全国财政收入比重下降为主要特征的中央财政压力逐年增长，总是成为经济学家和中央政府关心的话题。这也可以看作是甩包袱的外部效用。

二、国有企业的改革与财政压力的变化

甩包袱只能减缓财政压力。经济决定财政，惟有经济增长才能彻底解除财政危机。上一届政府选择的经济增长方式是以重工业为主的资本密集型方式，本届政府面对的经济增长中的资本与劳动力的结构并没有大的变化。在外部资金的流入缓解政府财政压力、国内劳动力收益依然低于资本收益的背景下，选择资本密集型的经济增长方式仍然是政府必须的选择①。政府直接掌握着国有企业，因此，如何提升国有企业对政府财政的贡献便成为重要的议题。

国有企业主要分布在城市，它不同于对农民集团的甩包袱，城市的改革并不必然是帕累托改进，因而阻力相对较大。

这一过程，政府是谨慎的，风险是最小化的。因为国有企业保障了政府基本的财政收入，并且还保障了政府对经济的基本控制。从这个意义上说，中国的改革是渐进的。

在农村土地使用权转移和城镇非国有经济部分地解决了就业问题的同时，政府依托国有经济加大投资，促进经济增长的意图暂时得到了体现。经济增长的结果是政府的财政压力得到了空前的缓解，为保证这一立竿见影的增长模式的持续性，政府采取各种手段来维持资金的投入。这是短期政策操作的路径依赖。

国有企业的背后是拥有实际控制权的利益集团，政府表现出极强的“父爱主义”，在试图搞活国有企业，甚至扩大国有企业规模的过程中，政府运用的是一种“试错”的方法。从一开始的“放权让利”到“税前还贷”，以及政策性贷款、债转股等，政府采取的是一种

---

① 中国1979～2000年的经济增长过程中，资本的贡献率大致在79%，劳动贡献率在21%。中国的经济增长主要是资本推动型的。（魏凤春，2003）

"输血"的政策。

政府对国有企业输血的方法经历了以下的历程:先是借助于财政,在20世纪80年代中期财政无能为力之后,政府只好依靠银行体系把居民私人储蓄引入国有企业。20世纪90年代中期以后在金融风险不能增加的约束下,财政体系和证券市场就必须负担起把居民储蓄引入国有企业的任务。在给定了国家的税收能力的前提下,更多的政府债务和上市公司跑马"圈钱"便显得合情合理。

政府向国有企业输血的过程,其实就是财政危机加深的过程。为了保证国有企业对资源的优先利用,政府首先是限定了产业的范围,将利润高的行业由政府垄断后交付国有企业使用,并宣布该领域禁止非国有企业进入。此为其一。其次,政府仍然沿用计划年代对资本实行行政分配的体制,通过国有银行制度将居民手中的"金融剩余"集中起来,再通过政策性贷款的手段注入国有企业,并且实行一系列的金融管制,力图堵塞"金融剩余"向非国有经济漏出的"缺口"(朱光华、陈国富,2001),或者与国有企业的经理共谋在资本市场上诱引"金融剩余"。前者主要表现为金融抑制,后者主要表现为股市的泡沫。当借助于金融手段不能满足公共资金的需要时,政府便只能在税收和债务上努力了。根据"李嘉图等价定理",债务是延期的税收,二者的同时提高应验着诺斯悖论。如1998年政府正式的税收增加1000亿元,按实际值(物价在下降)财政收入增加了14.4%,几乎是经济增长率7.8%的两倍①。无论从哪种意义上讲,税收都不可能保持中性,它都是微观经济主体的一种超额负担。税收收入最大化与国民经济产出最大化不相容定理是成立的。因此,重税不是实现义理性最大化的理想选择,特别是在扩张性财政政策实施的当口。

由于按照MC=MR征税的林达尔均衡并不存在,因此,过高

① 《中国统计年鉴》(2001),中国统计出版社2001年版。

的税率会导致公共产品的过度提供，结果产生挤出效应。如果政府增税的目的是为了将资本由非国有企业向国有企业转移，那么对非国有经济抽血的经营结果可想而知。樊纲(2001)用“额外综合税赋”来说明这种转移，并指明这是一个相当危险的征兆。并指出，国有部门中各种反对改革的势力过于强大，而本身的状况又不断恶化，要想维持其生存，就势必利用自己对资源分配的垄断地位、利用国家强权，将大量非国有部门的收入用各种方式转移到国有部门，使非国有部门越来越难以增长，整个经济的增长率也就会慢下来，最后各种矛盾暴露，经济陷入危机。

如果某一天，政府向国有企业的输血政策转为了改革政策，则意味着政府财政困难。这里的一个前提条件是，政府对国有企业的输血是有收益的，它并不仅仅表现为财政收入的增长，其中很重要的一项就是保障社会稳定的收益。政府决策是体制结构的函数，当国有企业所能提供的利税收入越来越少，所需的财政支持越来越多，改革后的净收益大于不改革时的政府净收益时，政府便必然会选择改革的路。因为，国有企业过去一直是政府的权力基础。改革国有企业是一件十分麻烦的政治运作，所以不到“万不得已”，任何政府和企业官员都不愿意进行改革。因此，中共十五大“抓大放小”、“发展多种形式的所有制”等政策的出台暗示政府输血政策的失败。这也从另一个角度说明了，这些年对国企试错改革耗费了大量资源，投入产出极不相称，从而为经济增长设置了极大的障碍。

这种严重依靠资金推动，过分依赖国外市场的经济增长方式，实际上是维系了一种“钢丝财政”。一旦资金链条断裂，或者国际市场需求下降，那么财政压力便会凸现。在 1998 年之前，这一经济增长方式对财政压力，特别是中央财政压力的缓释起到了非常积极的作用，以至于当年政府工作报告的主旨即在于减少财政赤字。但是始于 1997 年的亚洲金融危机，使得这一路径发生了根本的改变。经济衰退造成的财政压力,使得政府又采取了风险偏好的策略,于是体制复归,政府开始替代市场。政府推行产业结构调整其实是将资本推动型的经济增长模型强加给市场的一种企图,通过扩张性的财政政策利用税收将非国有经济的资本强行转移,暂时地保证了经济增长和财政收入。粮食体制的重新统购统销,对农村经济增长的损害,进一步减低了国内的需求。

这意味着将国有企业作为财政收入主要来源的做法需要改变了。对国有企业的试错改革,反映了政府与市场力量之间的较量。政府对国有企业产权的恋恋不舍,使得经济运行的基础遭到破坏,从而削弱了政府的财政能力。换句话说,政府财政目标难以实现的原因就在于短期效应的累积使得政府长期的财源开始变得枯竭。

三、市场的形成

政府将增加财政收入的着眼点放在国有企业上,并没有取得预料的成果。因为,国有企业所有者缺位以及激励机制和由于信息不完全所造成的“内部人控制”和“预算软约束”难以解决,并且企业的经营目标不是追求利润的最大化而是追求经理报酬和职工收入的最大化,因此,虽然政府给了国有企业各种优厚的待遇,但其对政府财政的贡献率却在逐步下降。虽然国有企业改革是政府与特殊利益集团妥协的结果,但是如果政府长期坚持这样一种投入与产出不对称的政策操作,其他利益集团必然产生对委托人的不信任。

因此,有远见的政府,特别是具有长治久安目标的权威,会主动地给其他集团以相对平等的机会。正是在这个意义上,非国有经济开始出现,市场开始逐步形成。非国有企业的产权性质决定了其经济目标是追求投资净收益最大化的,由于其能很好地解决激励与约束问题,所以它比国有企业更有活力。同样的资源,如果从国有企业转让出来会提高社会产品的投入产出率。在政府将社会资源向国有企业转移的过程中,非国有企业利用其中漏出的资源和灵活的机制获得了新生。因为资源的限制,非国有企业之间展开激烈的竞争,结果反倒是市场的基本原则得以形成。随着非国有企业的发展,它对政府财政的贡献越来越大,政府对其身份的认同程度也越来越大。

中国的渐进式改革,其实就是逐步放松政府对公有产权控制的过程。这一过程是在国有经济占有资源和产出不对称的大背景下,政府维系庞大的国有经济的成本太高,以至于不得不放松的结果。随着非国有经济的扩大,竞争性的国有企业开始退出。迫于财政的压力,政府开始将国有企业的资本和劳动力打包转移。扩大了的非国有经济具备了同政府谈判的能力,在这个渐进化的过程中,政府妥协,国有资产变卖的结果是非国有经济接受了国有的资本,但并没有接受其劳动力。在改革的初期,非国有经济对于财政的贡献较低,随着非国有经济的增长,政府加重了对其征税的强度,1998 年之后,非国有经济对预算内财政的贡献开始超过国有经济。从此之后,非国有经济开始成为政府财政收入的重要力量,这是市场扩大的结果。但是,国有企业并没有完全被非国有企业所替代,国有企业仍然停留在一些垄断性行业中。

从另一个角度讲,政府缓解财政压力的短期政策操作还从另几个方面促进了市场的发展,如当政府开始恢复通过发行国债来缓解财政压力的时候,采取的是强制摊派的做法,并且限制流通。随着政府财政压力的增大,政府并没有偿债基金可以为负债作抵押,结果是只能通过借新债还旧债。并且通过政府的内部人控制,将国债的利息制定得较银行存款利息高,使之成为超金边债券。由于国债的规模越来越大,政府难以偿还,特别是随着物价的上涨,民众开始拒绝购买国债。在此情况下,不再强制摊派并且准许国债交易,增加了流动性,国债市场开始出现。

与国债市场出现类似的是股票市场的出现。政府推行股份制的初始动机在于为国有企业解困，并没有考虑市场的形成。通过开放股票的交换市场，政府以极低的成本换取了民众大量的资本，股票市场开始形成。

此外，政府为了国有企业的解困，对金融业，特别是银行业的垄断，其实际上是阻碍了市场的形成和发展。金融市场作为市场经济最核心和最有活力的市场，其核心的价格利率没有市场化，最重要的原因在于利率市场化会减少政府获取铸币税的数额。

四、收入的分化与对外开放

以国有企业为核心的资本密集型的经济增长，注定了政府对资本的依赖，这种只注重效率的政策操作，导致的结果必然是收入的分化。收入分化的结果是穷人集团空有创新动力，但没有创新能力。而富人有创新能力，但没有创新动力。于是制度创新开始减弱，制度趋向僵滞，经济增长趋缓。这一状态在 1998 年亚洲金融危机时期表现得非常明显。

单纯依靠市场内不同利益集团的博弈，是没法打破这一僵滞状态的。政府之所以寻求加入 WTO，目的也在于通过引入外部的竞争来打破国内的僵滞状态。通过政府间的国际竞争，政府必须将其垄断的资源对国外资本开放。结果是垄断被打破，国内市场与国际市场连通的程度加大。20 多年来，中国政府对外资的依赖程度在逐步加深。一开始由于巨大的财政压力，政府不得不签订非国民待遇的契约。外资推动了中国经济增长，减少了政府支出的负担，政府对其产生依赖，也迫于压力对其妥协，特别是地方政府更是如此。在加入 WTO 之后，中国政府本着这一组织最基本的国民待遇原则欲行修改原来的契约时，自然遭到了反对。不仅如此，非国民的待遇表现得更加明显。比如，依靠在国内垄断而获得高额利润的石化、保险、电力以及银行等行业只允许国外资本分享利润，而不允许国内资本分享。这是短期政策操作的外部效应。

随着国内非国有经济对国民待遇要求的呼声越来越高，国际资本发现国内能够提供的优惠待遇越来越少的时候，便要求修改合约，比如要求中国汇率的变动。这可以看作国际长期投资开始向游资转变的开始，暗示着中国经济增长能够提供的利润率在下降，资本推动的经济增长方式维系的难度越来越大。

五、中央政府与地方政府的博弈

在1994年之前，中央政府基本上是采取甩包袱的形式，中央只是通过包税制与地方分成。这样一来，在其心理账户中，收入难以通过固定的合约得到保证。通过对民众心理成本影响较小的国债和铸币税维持财政收入，不仅不能保证正常的公共开支，而且还会影响到经济的稳定，如1988年中国陷入了通货膨胀的危机，价格飞涨，商品积压，民众向银行挤提存款。此后，更加自由的改革被较保守的经济政策所取代，信贷和基建投资大量消减；再加上国际资本对中国国家风险的考虑，外资大量撤走，经济陷入低迷状态。在权威的坚持下，改革和开放的步伐加大。开放的市场要求中央政府承担更多的公共风险。

于是，甩包袱的行为不能持续，相应地，政府必须建立完整的税收体系才能保证代理人责任的完成。自1992年开始，以增加中央政府财政收入为动机的经济改革快速推进。一方面政府加大固定资产投资，发放巨额的货币，结果导致了以房地产行业为代表的泡沫的出现；另一方面政府通过法律规范了中央与地方的财政分成，将原来的包干制改成比例分成，并且保证了中央收入的优先权。但是，中央并没有减少地方提供公共品的义务。中央政府还收回了对全国金融资源分配的垄断权，并且严格限制了地方的借债权。由于经济增长对地方政府及其领导者的效用非常明显，减少了国内可支配资源后，它更多的是通过引入外部资金来维系原来的经济增长方式。结果是，外国资本趁机加大了谈判的砝码，地方政府被国际资本俘获的程度越来越大。地方政府所做的事情之一是将以土地为主的公有资产低价长期出售给国际资本；另一方面加大了其他财政收入的筹集，这包括以地方信托为掩护的变相借贷、对民营经济的敲竹杠、对农民的收费等。随着地方掌握的公有资源的减少，政府开始和地方民营经济结盟，共同与中央博弈。中央政府掌握了大量的财政收入，并且直接掌控着消费弹性极低的垄断资源，表面上看是这样。但是，地方政府的机会主义行为，特别是因为财政约束使其变为急功近利的执行者，这直接导致了经济运行的不稳定，使得潜在财政风险越来越大。

因此，中央政府的政策操作并非游刃有余。因为，中央政府只是暂时解决了显性的财政危机，潜在的财政危机随处可见（魏凤春，2002），这包括社会保障的缺口、国有银行造成的公共风险等。也就是说，自2002年开始的新一届政府的政策操作，仍然是以财政压力凸现为制度背景的。

第三节 2002年以后公共政策的演化

2002年，新一届政府生命周期开始，其面对的是一个全面开放的风险与机遇并存的制度环境。改革前期的潜在财政风险将会慢慢释放，甩包袱的政策操作已经不可能了，因为已无包袱可甩；大包大揽的做法有违市场经济的要求；而且在政府强制性的制度变迁过程中，以资本推动为特征的经济增长难以为继。如果不改变经济增长方式，政府财政收益就难以保证。

因此，政府必须在潜在的财政风险和短期的经济增长之间选择一条对自己更合适的路。从政府风险最小化和国家义理性最大化的目标出发，当前的政策选择应该是调整经济增长方式，同时注重劳动替代资本。中国劳动力与资本的不匹配，在资本链条断裂的背景下，劳动力的质量决定了经济增长的路径。人力资本的提高是一个长期的过程，政府只有确定适宜的经济增长目标，把公共收入更多地投资到人力方面，才会迎来长期的经济增长。也只有在人力资本和货币资本相适应的时候，经济增长才可能持续发展。

在这个过程中，政府培养新的税收源泉可能更加重要，打破特殊利益集团的垄断，开放市场已经是老生常谈。但是，快速地开放垄断产业，从社会长远发展的角度来看，并不是理性的选择。国有的垄断，可以直接保证政府的财政收入。资源被私人垄断后，如果没有健全的法制和完善的税收制度作为保障，政府被俘获是必然的结果。俄罗斯转轨时期，寡头左右国家命运的教训需要汲取。

俘获政府的另一股强大的力量还是来自国际资本。我们前面提到，借助于外部的制度竞争，国内特殊利益集团的垄断地位可望被打破。但是，国际资本在合约中提出的新的条款有可能减少本国政府决策的独立性。而且，中国经济对外资的极度依赖，增大了对国际资本退出中国的担忧。

不仅如此，中国内部收入分化的结果导致了大集团对代理人满意度的下降。20 多年之前农村的改革，政府通过甩包袱缓解了财政危机，随着农村净剩余的转出，农村经济重新陷入僵滞状态。

因此，中国需要权威的出现。一方面，通过强制力适度地打破垄断，并且通过转移支付强行转移给穷人财富；另一方面，在国际政府的竞争中维护本国代理人的权利。对权威来讲，转变偏好、主动地承受因经济增长下降而增加的心理成本是必然的选择。

参考文献

中文部分:

1.《中华人民共和国发展国民经济的第一个五年计划》,人民出版社1955年版,第18~19页。
2. 阿马蒂亚.森:《伦理学与经济学》,商务印书馆2001年版。
3. 阿瑟·奥肯:《平等与效率》,华夏出版社1999年版。
4. 爱伦·斯密德:《财产、权力和公共选择——对法和经济学的进一步思考》,上海三联书店、上海人民出版社1999年版。
5. 奥尔森:《国家兴衰探源》,商务印书馆1993年版。
6. 巴泽尔:《产权的经济分析》,上海三联书店、上海人民出版社1997年版。
7. 保罗·肯尼迪:《大国的兴衰》,中国经济出版社1989年版。
8. 布坎南:《赤字中的民主》,北京经济学院出版社1992年版。
9. 曹立瀛:《西方财政理论与政策》,中国财政经济出版社1995年版。
10. 查理斯·P. 金德尔伯格:《经济过热、经济恐慌及经济崩溃——金融危机史》,北京大学出版社2000年版。
11. 陈国富:《契约的演进与制度变迁》,经济科学出版社2002年版。
12. 陈抗,Arye L. Hillman,顾清扬:《财政集权与地方政府行为变化——从援助之手到攫取之手》,载《经济学(季刊)》2002年第2卷第1期。

13. 陈明光:《汉唐财政史论》,岳麓书社 2003 年版。
14. 陈慰中:《中庸经济学》,中国财政经济出版社 1998 年版。
15. 陈寅恪:《陈寅恪集·隋唐制度渊源略论稿——唐代政治史述论稿》,上海三联书店 2001 年版。
16. 程虹:《制度变迁的周期—— 一个一般理论及其对中国改革的研究》,人民出版社 2000 年版。
17. 丹尼斯·C.缪勒:《公共选择理论》,中国社会科学出版社 1999 年版。
18. 道格拉斯·诺斯,罗伯斯·托马斯:《西方世界的兴起》,华夏出版社 1999 年版。
19. 邓宏图:《历史上的"官商":一个经济学分析》,载《经济学(季刊)》2003 年第 2 卷第 3 期。
20. 樊纲、胡永泰:《"循序渐进,还是'平行推进"?——论体制转轨最优路径的理论与政策》,载《经济研究》2005 年第 1 期。
21. 樊纲:《公共选择与改革过程》,载《经济社会体制比较》1993 年第 1 期。
22. 樊纲:《宏观经济学与开放的中国(序)》,《全球视角的宏观经济学》(序言),杰弗里·萨克斯,费里普·拉雷恩著,上海三联书店、上海人民出版社 1997 年版。
23. 樊纲:《两种改革成本与两种改革方式》,载《经济研究》1993 年第 1 期。
24. 樊纲:《论改革过程》,《改革、开放与增长》,上海三联书店 1991 年版。
25. 樊纲:《论体制转轨的动态过程——非国有部门的成长与国有部门的改革》,载《经济研究》2000 年第 1 期。
26. 樊纲:《渐进改革的政治经济学分析》,上海远东出版社 1996 年版。

27. 菲吕博腾·E.G.,S.配杰威齐:《产权与经济理论:近期文献的一个综述》,上海三联书店 1972 年版。
28. 菲吕博腾,配杰威齐:《产权与经济理论:近期文献的一个综述》,载《财产权利与制度变迁——产权学派与新制度学派译文集》,上海三联书店、上海人民出版社 1996 年版。
29. 冯·哈耶克:《哈耶克论文集》,首都经济贸易大学出版社 2001 年版。
30. 冯·哈耶克:《致命的自负》,中国社会科学出版社 2000 年版。
31. 弗朗兹·博厄斯:《人类学与现代生活》,华夏出版社 1999 年版。
32. 冈纳·缪尔达尔:《亚洲的戏剧——南亚国家贫困问题研究》,首都经济贸易大学出版社 2001 年版。
33. 高培勇:《国债的运行机制分析》,商务印书馆 1997 年版。
34. 哈维·罗森:《财政学》,中国人民大学出版社 2003 年版。
35. 哈耶克:《个人主义与经济秩序》,北京经济学院出版社 1989 年版。
36. 哈耶克:《哈耶克论文集》,邓正来编译,上海三联书店 2002 年版。
37. 海韦尔·G. 琼斯:《现代经济增长理论导论》,商务印书馆 1999 年版。
38. 汉斯·范登·德尔,本·范·韦尔瑟芬:《民主与福利经济学》,中国社会科学出版社 1999 年版。
39. 何柄棣:《明初以来人口及其相关问题》,上海三联书店 2000 年版。
40. 何德旭,王朝阳,应寅锋:《时间一致性问题和真实经济周期——2004 年度诺贝尔经济学奖评介》,载《南方周末》

2004年12月8日。
41. 洪堡:《论国家的作用》,中国社会科学出版社1998年版。
42. 胡汝银:《中国改革的政治经济学》,载《经济发展研究》1992年第4期。
43. 黄仁宇:《十六世纪明代中国之财政与税收》,上海三联书店2001年版。
44. 黄仁宇:《资本主义与二十一世纪》,上海三联书店1997年版。
45. 黄永鹏:《俄罗斯权威主义的历史传承与现实选择》,载《世界经济与政治》2002年第2期。
46. 霍布斯:《论公民》,贵州人民出版社2003年版。
47. 加里·S.贝克尔:《人类行为的经济分析》,上海三联书店、上海人民出版社1995年版。
48. 贾根良:《"鞍钢宪法"的历史教训与我国的跨跃式发展》,载《南开学报(哲社版)》2002年第4期。
49. 贾根良:《产权变迁的制度解说》,载《南开经济研究》1996年第1期。
50. 杰克.J.弗罗门:《经济演化——探究新制度经济学的理论基础》,经济科学出版社2003年版。
51. 金德尔伯格:《疯狂、惊恐和崩溃:金融危机史》,中国金融出版社2007年版。
52. 金德尔伯格:《西欧金融史》,中国金融出版社1991年版。
53. 柯武刚,史漫飞:《制度经济学——社会秩序与公共政策》,中国人民大学出版社2002年版。
54. 科斯,阿尔钦,诺斯:《财产权利与制度变迁——产权学派与新制度学派译文集》,上海三联书店、上海人民出版社1996年版。
55. 科斯,哈特,斯蒂格利茨等:《契约经济学》,经济科学出版社 1999 年版。
56. 克拉克:《财富的分配》,商务印书馆 1997 年版。
57. 克鲁格:《寻租社会的政治经济学》,载《经济社会体制比较》1988 年第 5 期。
58. 劳伦斯·H.怀特:《货币制度理论》,中国人民大学出版社 2004 年版。
59. 李道葵:《官僚体制的改革理论》,载《比较》第 5 辑,中信出版社 2002 年版。
60. 李卓:《欧洲货币一体化中的财政约束》,载《世界经济》2000 年第 2 期。
61. 理查德·A·马斯格雷夫:《比较财政分析》,上海人民出版社、上海三联书店 1996 年版。
62. 理查德·派普斯:《财产论》,经济科学出版社 2003 年版。
63. 理查德·琼斯:《论财富的分配和赋税的来源》,商务印书馆 1999 年版。
64. 林双林:《开放经济中的政府预算赤字》,中国社会科学出版社 1998 年版。
65. 林毅夫,蔡昉,李周:《中国的奇迹:发展战略与中国改革》,上海三联书店、上海人民出版社 1994 年版。
66. 林毅夫:《关于制度变迁的经济学理论:诱致性变迁与强制性变迁》,载《财产权利与制度变迁——产权学派与新制度学派译文集》,上海三联书店、上海人民出版社 1996 年版。
67. 林毅夫等:《论中国经济改革的渐进式道路》,载《经济研究》1993 年第 9 期。
68. 刘克祥,陈争平:《中国近代经济史简编》,浙江人民出版社 1999 年版。
69. 刘伟,李绍荣:《所有制变化与经济增长和要素效率提升》,载《经济研究》2001 年第 1 期。
70. 刘伟,黄桂田,李绍荣:《关于我国转轨期所有制变化的历史“合理性”考察》,载《北京大学学报(哲学社会科学版)》2002 年第 39 卷第 1 期。
71. 卢梭:《社会契约论》,商务印书馆 2002 年版。
72. 鲁桂华:《博弈规则与税的决定,兼释“黄宗羲定律”》,第三届中国经济学年会入选论文,2003 年。
73. 罗伯特·B. 埃克伦德,罗伯特·F.赫伯特:《经济理论和方法史》第四版,中国人民大学出版社 2001 年版。
74. 罗伊·麦德维杰夫:《俄罗斯向何处去》,新华出版社 2000 年版。
75. 马尔科姆·卢瑟福:《经济学中的制度——老制度主义和新制度主义》,中国社会科学出版社 1999 年版。
76. 马克斯·韦伯:《民族国家与经济政策》,上海三联书店、牛津大学出版社 1997 年版。
77. 马乌:《转轨与发展:俄罗斯的十年》,载《经济社会体制比较》2002 年第 4 期。
78. 麦克尼尔:《新社会契约论》,中国政法大学出版社 1994 年版。
79. 曼库尔·奥尔森:《集体行动的逻辑》,上海三联书店、上海人民出版社 1995 年版。
80. 曼库尔·奥尔森:《国家兴衰探源——经济增长、滞胀与社会僵化》,商务印书馆 2001 年版。
81. 蒙哥马利·范瓦特:《公共管理的价值根源》,《经济社会体制比较》2002 年第 4 期。
82. 米尔顿·弗里德曼:《资本主义与自由》,商务印书馆 1999 年版。
83. 米歇尔·阿尔贝尔:《资本主义反对资本主义》,社会科学文献出版社 1999 年版。
84. 尼古拉斯·R.拉迪:《中国未完成的经济改革》,中国发展出版社 1999 年版。
85. 诺斯:《制度、意识形态与经济绩效》,《发展经济学的革命》,上海三联书店、上海人民出版社 2000 年版。
86. 诺斯:《经济史的结构与变迁》,商务印书馆 1992 年版。
87. 平新乔:《道德风险与政府的或然负债》,载《财贸经济》2001 年第 2 期。
88. 齐默尔曼:《经济学前沿问题》,中国发展出版社 2004 年版。
89. 钱穆:《中国历代政治得失》,上海三联书店 2001 年版。
90. 钱颖一:《市场与法治》,载《经济社会体制比较》2001 年第 3 期。
91. 乔·B. 史蒂文斯:《集体选择经济学》,上海三联书店、上海人民出版社 1999 年版。
92. 秦朵:《过度负债在多大程度上导致了韩国 1997 年的货币危机?》,载《世界经济》2000 年第 5 期。
93. 青木昌彦,凯文.穆尔多克,奥野·滕原正宽:《东亚经济发展中政府作用的阐释》,载《东亚经济发展中的作用:比较制度分析》,上海远东出版社 1998 年版。
94. 青木昌彦:《比较制度分析》,上海远东出版社 2001 年版。
95. 曲振涛,刘文革:《"宪政转轨论"评析》,载《经济研究》2002 年第 7 期。
96. 让·梯若尔:《基本框架——多代理人模型》,载《法、经济学与组织》1986 年第 1 期。
97. 让·雅克·拉丰:《公共经济学的过去、现在和未来》,载《公共经济学杂志》2002 年第 12 期。
98. 萨克斯,杨小凯,胡永泰:《经济改革与宪政转轨》,

http://www.sinoliberal.com,2000。
99. 盛洪:《现代制度经济学》,北京大学出版社2003年版。
100. 思拉恩·埃格特森:《新制度经济学》,商务印书馆1996年版。
101. 斯蒂芬:《经济组织与交易成本》,约翰.伊特韦尔等编,《新帕尔格雷夫经济学大辞典》,经济科学出版社1992年版。
102. 斯韦托扎尔·平乔维奇:《产权经济学——一种关于比较体制的理论》,经济科学出版社1999年版。
103. 孙广振,张宇燕:《利益集团与"贯谊定理":一个初步的分析框架》,载《经济研究》1997年第6期。
104. 田霍卿,刘锦棠,王树新,郑燕燕:《内耗论》,经济管理出版社1996年版。
105. 脱脱等:《宋史》,中华书局1977年版。
106. 王红领,李道葵,雷鼎鸣:《政府为什么会放弃国有企业的产权》,载《经济研究》2001年第8期。
107. 王绍光,胡鞍钢:《中国:不平衡发展的政治经济学》,中国计划出版社1999年版。
108. 王绍光:《多元与统一:第三部门国际比较研究》,浙江人民出版社1999年版。
109. 王书瑶:《财政支出与国民产出最大不相容定理》,载《数量经济技术经济研究》1988年第10期。
110. 王雍君:《政府财政绩效与金融市场约束》,载《财贸经济》2001年第10期。
111. 魏凤春,于红鑫:《中国潜在财政危机的成因与对策》,载《战略与管理》,2001年第1期。
112. 魏凤春:《收入分化、制度僵滞与外来的挑战》,载《财经研究》2002年第12期。

113. 魏凤春:《目标、领导者与财政约束——农业产业化中政府制度供给的基本框架》,第四届中国经济学年会入选论文,2004 年。
114. 西奥多·W.舒尔茨:《报酬递增的源泉》,北京大学出版社 2001 年版。
115. 希克斯:《经济史理论》中译本,商务印书馆 1987 年版。
116. 小罗伯特·E·卢卡斯:《经济周期模型》,中国人民大学出版社 2003 年版。
117. 徐滇庆,于宗先,王金利:《泡沫经济与金融危机》,中国人民大学出版社 2000 年版。
118. 亚历克斯·E.费尔南德斯·希尔贝尔托,安德烈·莫门:《发展中国家的自由化——亚洲、拉丁美洲和非洲的制度和经济变迁》,经济科学出版社 2000 年版。
119. 杨小凯:《百年中国经济史笔记(从晚清到 1949)》,经济学家网站,www.jjxj.com.cn,2004。
120. 杨小凯:《新政治经济学与交易费用经济学》,载《杨小凯谈经济》,中国社会科学出版社 2004 年版。
121. 杨小凯:《中国的经济改革(1978~2002)》,经济学家网站,www.jjxj.com.cn,2004。
122. 杨小凯:《中华人民共和国经济史(1950~1978)》,经济学家网站,www.jjxj.com.cn,2004。
123. 叶坦:《大变法》,上海三联书店 1996 年版。
124. 易纲, 方星海:《东南亚国家和墨西哥金融危机对中国的启示》,载《财贸经济》1998 年第 1 期。
125. 尹恒,龚六堂,邹恒甫:《当代收入分配理论的新发展》,载《经济研究》2002 年第 8 期。
126. 余永定,张宇燕,郑炳文:《西方经济学》,财经科学出版社 1999 年版。

127. 余永定:《财政稳定问题研究的一个理论框架》,载《世界经济》2000 年第 6 期。
128. 约翰·F.乔恩:《货币史:从公元 800 年起》,商务印书馆 2002 年版。
129. 约翰·道巴克和约翰·奈:《新制度经济学前沿(第二辑)》,经济科学出版社 2004 年版。
130. 约瑟夫·E.斯蒂格利茨:《社会主义向何处去——经济体制转型的理论与证据》,吉林人民出版社 1998 年版。
131. 詹姆斯·M.布坎南,理查德,A·马斯格雷夫:《公共财政与公共选择:两种截然不同的国家观》,中国财政经济出版社 2000 年版。
132. 张军:《社会主义的政府与企业:从"退出"角度的分析》,载《经济研究》1994 年第 9 期。
133. 张五常:《关于新制度经济学》,《契约经济学》,拉斯·沃因、汉斯·韦坎德,经济科学出版社 1999 年版。
134. 张五常:《民主与交易费用》,载《卖桔者言》,四川人民出版社 1988 年版。
135. 张五常:《佃农理论——应用于亚洲的农业和台湾的土地改革》,商务印书馆 2000 年版。
136. 张五常:《经济解释——张五常经济论文选》,商务印书馆 2000 年版。
137. 张宇燕,何帆:《由财政压力引起的制度变迁》,载盛洪、张宇燕主编《市场逻辑与制度变迁》,中国财政经济出版社 1998 年版。
138. 朱光华,陈国富:《中国所有制结构变迁的理论解析》,载《经济学家》2001 年第 7 期。
139. 朱光华,刘大可:《对产权制度与经济增长关系的辩证思考》,载《南开学报》2002 年第 6 期。

140. 朱光华,魏凤春:《就业、产业结构调整与所有制改革》,载《财经研究》2003年第9期。

141. 朱光磊:《当代中国政府过程》,天津人民出版社1997年版。

142. 朱光磊:《中国的贫富差距与政府控制》,上海三联书店2001年版。

英文部分:

1. Aghion, P., Bacchetta, P., and Banerjee, A. 1998. "*Capital Markets and the Instability of Open Economies*", Working paper, presented at Harvard University and MIT Growth and Development Seminar.

2. Aghion, P., and O. Blanchard, 1994. " On the speed of transition in Central Europe", *NBER Macroeconomics Annual*, 283~319.

3. Akerlof G., 1970, "The Market for 'Lemons': Qualitative Uncertainty and the Market Mechanism", *Quality Journal of Economics* 84, 488~500.

4. Alchian, A. and Demsetz, H. 1972. "Production, Information Costs, and Economic Organization", *American Economic Review*, 62, 777~795.

5. Alesina, A., D., Rodrik. 1994. "Distribtuion Policies and Economic Growth", *Quarterly Journal of Economics*, 109, 465~490.

6. Alesina, A., R. Pertotti. 1996, "Income Distribution, Political Instability and Investment", *European Economics Review*, 81, 1170-1189.

7. Allan, Drazen, 2000. "*Political Economy in Macroeconomics*", Princeton University Press.

8. Arne Bigsten and Jorgen Levin, 2000. "Growth, Income Distribution, and Poverty: A Review", Working Paper in Economics No. 32.
9. Arrow, K. J. 1963. "*Social Choice and Individual Values*", Yale University Press.
10. Atkeson, A., and P. J. Kehoe, 1997, "Social Insurance and Transition", *International Economic Review*, 37, 377 ~402.
11. Avinash K, Dixi, 1996. "*The Making of Economic Policy: A Transaction - Cost Politics Perspective*", Massachusetts Institute of Technology.
12. Backus D and Driffill J., 1985, Inflation and Reputation. *American Economic Review*, Vol. 75.
13. Barro, 1983. "Inflationary Finance under Discretion and Rules," *Canadian Journal of Economics*, *Canadian Economics Association*, Vol. 16(1), 1~16, February.
14. Barro, 1997. "Optimal Management of Indexed and Nominal Debt," NBER Working Papers 6197, National Bureau of Economic Research, Inc.
15. Barro, R. 1973. "The Control of Politicians: An Economic Model," *Public Choice* 14, 19~42.
16. Barro, R. 1999. "Inequality, Growth, and Investment" NBER Working Paper 7038, Cambridge, Mass.
17. Benhabib, Jess & Rustichini, Aldo, 1996. "Social Conflict and Growth," *Journal of Economic Growth*, Vol. 1(1), 125~42, March.
18. Bertola, G. 1993. "Factor Shares and Savings in Endogenous Growth", *American Economic Review*, 83, 1184~1198.

19. Blanchard and Andrei Shleifer, 2000. "Federalism With and Without Political Centralization. China versus Russia," Harvard Institute of Economic Research Working Papers 1889, Harvard – Institute of Economic Research.

20. Blinder, Alan S. 1998. *Central Banking in Theory and Practice*, MIT Press.

21. Boricic Branislav (2004)"The Political Economy of Post – Communist Autocracy: The Continuum Between Dictatorship and Democracy". *European Political Economy Review* Vol. 2, No.1 (Summer 2004) ,36~50.

22. Braun, Rudolf. 1975. "*Taxation, Sociopolitical Structure, and State – Building: Great Britain and Brandenburg – Prussia*", in The Formation of National States in Western Europe, ed. by Charles Tilly, Princeton University Press.

23. Buchanan, James M. 1965. "An Economic Theory of Clubs", Economica 32(February):1~14

24. Buchanan, J. and R. Wagner. 1977. "*Democracy in Deficit: The Political Legacy of Lord Keynes*, New York: Academic Press.

25. Buchanan. J. M., and Tullock, G., 1962, "*The Calculus of Consent*, The University of Michigan Press.

26. Burtless, Gary, 1995. "International Trade and the Rise in Earnings Inequality." *Journal of Economic Literature*. 33, 800~16.

27. Cheung, Steven N. S. 1996, "A Simplistic General Equilibrium Theory of Corruption," *Contemporaty Economic*

Policy, 14, 1～5.

28. Christianw. Martin, 2003. "Democracy, government spending, and economic growth: A political－economic explanation of the Barro－effect", *Public Choice* 117: 27～50.

29. Clague, Christopher. 1992. "*The Emeregence of Market Economy in Central and East Europe*". Blackwell Publishers.

30. Click, R. W. 1998. "Seigniorage in a cross－section of countries", *Journal of Money, Credit, and Banking*, 30 (May), 154～171.

31. Coase, R., 1960. "The Problem of Social Cost, "*J. Law Econ*. Oct.

32. Crawford and John Sobel, 1982. "Strategic information transmission". *Econometrica*, 50 (6), 1431 ～ 1451, November.

33. Daniel W. Bromley. 1989. "*Economic Interests and Institutions*", Basil Blackwell Inc., New York.

34. Daniel, Kahneman, and Amos, Tversky, 1979. "Prospect Theory : an Analysis of Decision under Risk", *Econometrica*, Vol. 47(2) 263～292.

35. David Backus, John Driffill, 1985. "Credibility and Commitment in Economic Policy," Working Papers 602, Queen's University, Department of Economics.

36. Dennis C Mueller, 1989. "Probabilistic Majority Rule," *Kyklos*, *Blackwell Publishing*, Vol. 42(2), 151～70.

37. Drazen, A. and V. Grilli, 1990. "The benefit of crises for economic reform. NBER Worldng, Paper 3527.

38. Eugene F. Fama, 1986. "Term Premiums and Default Premiums in Money Markets." *Journal of Financial Economics*, 17(1), 175~96.
39. Ferejohn, J. 1986, "Incumbent Performance and Electoral Control," Public Choice 50, 5~26.
40. Fernandez, Raquel and Rodrik, Dani, 1991. "Resistance to Reform: Status Quo Bias in the Presence of Individual - Specific Uncertainty," *American Economic Review*, *American Economic Association*, Vol. 81(5), 1146~55, December.
41. Finn Kydlard, Edward Prescott. 1977. "Rules rather than discretion: The inconsistency of optimal plans". *Journal of Political Economy*. Vol. (25).
42. Galor, Oded and Zeira, Joseph, 1993. "Income Distribution and Macroeconomics", *Review of Economic Studies*, Vol. 60 (1) 35~52.
43. Grossman, Philip J. 1989. "Intergovernmental Grants and Grantor Government Own - Purpose Expenditures." *National Tax Journal* 42(4), 487~94.
44. Grossman, Philip J. 1990. "The Impact of Federal and State Grants on Local Government Spending: A Test of Fiscal Illusion Hypothesis"[J], *Public Finance Quarterly*, Vol. 18, No. 3, 313~327.
45. H. Demsetz, 1967, "Toward A Theory of Property Rights" *American Economics Reviews*, May 1967 No. 2.
46. Hart O. 1987. "Incomplete Contracts and the Theory of the Firm," Working papers 448, Massachusetts Institute of Technology (MIT), Department of Economics.

47. Hart, O., and J. H. Moore, 1990, "Property Right and the Nature of the Firm", *Journal of Political Economy*, vol. 98, 1119～1158.

48. Hart. O., Bengt Holmstrom, 1986. "The Theory of Contracts," Working papers 418, Massachusetts Institute of Technology (MIT), Department of Economics.

49. Hellman, Jones, and Kaufmann, 2000, "Seize the State, Seize the Day: State Capture, Corruption, and Influence in Transition Economies," *World Bank Policy Research Working Paper* No. 2444 (Washington).

50. Hersh. M. Shefrin, and Richard H. Thaler, 1988. "the behavioral life－cycle hypothesis", *Economic Inquiry* 26, 609～643.

51. Jeremy C. Stein, 1998. "An Adverse－Selection Model of Bank Asset and Liability Management with Implications for the Transmission of Monetary Policy," *RAND Journal of Economics*, Vol. 29(3), 466～486, Autumn.

52. Jin Li , 2003. "Better Technologies, Larger Wars, and Influential Persuaders: A Synoptic View of Warring States History", 第三届中国经济学年会入选论文。

53. Kahneman D, Tversky A. Prospect theory: An analysis of decisions under risk. *Econometrica*, 1979, 47: 313～327.

54. Kapstrin, E. B. 1996. "Workers and the World Economy", *Foreign Affaits*, 75, May/June, 16～37.

55. Kornai. J, 2000. "What the Change of System from Socialism to Capitalism: Does and Does not Mean", *Journal of Economic Perspective*, Vol. 4(1), 21～36.

56. Kramer, G. 1971. "Short - Term Fluctuations in U. S. Voting Behaviors, 1896 - 1964," *American Political Science Review* 65, 131~43.

57. Krueger, A. O. 1992. "*Institutions for the New Private Sector*", *in The Emeregence of Market Economy in Central and East Europe*, Blackwell Publisher, Cambridge, MA.

58. Krugman, 1996. "Domestic Distortions and the Deindustrialization Hypothesis," NBER Working Papers 5473, National Bureau of Economic Research, Inc.

59. Krusell and Rios - Rull: 1996. "Vested Interests in a Positive Theory of Stagnation and Growth", *The Review of Economic Studies*, Vol. 63, No. 2. (Apr., 1996): 301 ~329.

60. Kugler, Jacek and William Domke. 1986. Comparing the Strength of Nations. *Comparative Political Studies* 19: 39~69.

61. Kuznets, S. 1955. "Economic Growth and Income Inequality", *American Economic Review*, 45, 1~28.

62. Kyland F. and E. Prescott. 1977. "Rules rather than discretion: the inconsistency of optimal plans," *Journal of political econonomy* 85, 473~91.

63. Leonardo Auernheimer. 1974. "The Honest Government's Guide to the Revenue from the Creation of Money", *Journal of Political Economy*, Vol. 82, issue 3, 598~606.

64. Levi, Michael, 1988. "*The role of the jury in complex cases*" in Findlay, Mark and Duff, Peter The Jury Under Attack Butterworths, Sydney, 122.

65. Lewis W. Arthur and Martin, A. M. 1956. "Patterns of Public Revenue and Expenditure", *The Manchester School of Economic and Social Studies*, Vol.24.

66. Lichtenstein, P. M. 1996. "A new - institutionalist Story about the Transformation of Former Socialist Economics: A Recounting and An Assessment", *Journal of Economic Issues*, Vol.30, 243~65.

67. Lutz Hendricks. 2002. "How Important Is Human Capital for Development? Evidence from Immigrant Earnings", *The American Economic Review* Vol. 92, No. 1.

68. Matthew. and Rabin, 1995, "Moral Preferences, Moral Constraints, and Self - serving Biases", *Unpub. ms., UC Berkeley*. Ted.

69. McMillan, J., and Naughton, B. 1992. "How to Reform a Planned Economy: Lessons from China", *Oxford Review of Economic Policy*, Vol. 8(1).

70. Menger. Carl. 1871. "Principles of Economics", Jasmes Dingwall and Bert F. Hoselitz.

71. Musgrave, Richard A. 1969. "*Fiscal Systems*", Yale University Press.

72. Naughton, B. 1994. "Chinese Institutional Innovation and Privatization from Below", *American Economic Review*, Vol.84(2).

73. Naughton, Barry. 1994b. "What is Distinctive about China's Economic Transition? State Enterprise Reform and Overall System Transformation," *Journal of Comparative Economics*, Vol. 18, No. 3, June, 470~490.

74. Naughton, Barry. 1994a. "Chinese Institutional Innovation

and Privatization from Below," *American Economic Review*, Vol. 84, May, 266~270.

75. Nelson, J., ed. 1990. "*Economic Crisis and Policy Choice: The Politics of Adjustment in the Third World*", Princeton, Nj: Princeton University Press.

76. Niskanen, W. A. Jr., 1971, *Bureaucracy and Representative Government*. Aldine - Atherton.

77. Niskanen, W. A. (1978). Deficits, government spending and inflation: What is evidence? *Journal of Monetary Economics* 4, 591~602.

78. Nordhaus, W. 1975. "The Political Business Cycle," *Review of Economic Studies* 42, 169~90.

79. North and Weingast (1989) "*Constitutions and Commitment: Evolution of Institutions Governing Public Choice in 17th - Cent. England*" J. Ec History.

80. North, Douglass C., and Robert P. Thomas, 1973. *The Rise of the Western World: A New Economic History*, Cambridge: Cambridge University Press.

81. O'Connor, James. 1973. "*The Fiscal Crisis of the State*", St. Martin's Press, New York.

82. Oi, Jean, 1992. "Fiscal Reform and the Economic Foundations of Local State Corporatism in China." *World Politics*, October, 45(1).

83. Oi, Jean, 1995. "The Role of the Local Government in China's Transitional Economy," *China Quarterly*. 144, 1132~49.

84. Olson, Mancur. 1993. "Dictatorship, Democracy, and Development", *American Political Science Review*, Vol.

87, No. 3, 567~76.

85. Parkash Chander. 1993. "Dynamic Procedures and Incentives in Public Good Economies", *Econometrica*, Vol. 61, Issue 6, 1341~1354.

86. Peacock Alan T. and Wiseman, Jack. 1961. "*The Growth of Public Expenditures in the United Kingdom*", Princeton University Press.

87. Peacock, Alan. 1987. *Wicksell and Public Choice. In The New Palgrave: A Dictionary of Economics*, edited by John Eatwell, Murray Milgate, and Peter Newman, 692~95. London: Macmillan.

88. Persson, Torsten and Tabellini, Guido. 1994. "Is Inequality Harmful for Growth?", *American Economic Review*, Vol. 84 (3), 600~621.

89. Philip T. Hoffman and Jean - Laurent Rosenthal, 2003, *Financial Intermediaries and Economic Development*, Cambridge University Press.

90. Pipe, R. 1999. "*Property and Freedom*", New York, Alfred Knopf.

91. Qian, Y. 1994b. "A Theory of Shortage in Socialist Economies based on the 'Soft Budget Constraint'", *American Economic Review*, 84, 145~56.

92. Qian, Yingyi, and Barry R. Weingast. 1997. "Federalism As a Commitment to Preserving Market Incentives." *Journal of Economic Perspectives*, Fall, 11(4), 83~92.

93. Qian, Yingyi. 1999. "*The Institutional Foundations of China's Market Transition*", Annual Bank Conference on Development Economics.

94. Qian, Yingyi. and Gérard Roland. 1998. "Federalism and the Soft Budget Constraint." *American Economic Review*, December, 88(5), 1143～1162.

95. Radmilo Pesic and Branislav Boricic. 2004. "The Political Economy of Postcommunist Autocarcy: The Continuum Between Dictatorship and Democracy", *European Political Economy Review* Vol. 2. No. 1(Summer 2004), 36～50.

96. Richard, H. Thaler. 1980. "Toward a positive theory of consumer choice", *Journal of Economic Behavior and Organization*, 39～60.

97. Rizzo, Ilde and Peacock, Alan. 1987. "Government Debt and Growth in Public Spending"[J], *Public Finance*, Vol. XXXXII, No. 2, 283～291.

98. Robert S. Kravchuk. 1998. "*Budget Deficits, Hyperinflation, and Stabilization in Ukraine*: 1991 - 96", http://www.sabre.org/huri.

99. Rodrik, 1996. "Why Do More Open Economies Have Bigger Governments?," NBER Working Papers 5537, National Bureau of Economic Research, Inc.

100. Ruggerone, L. 1996. "Unemployment and Inflationary Finance Dynamics at the Early Stages of Transition", *Economic Journal*, Vol. 106(435), 483～494.

101. Sachs, J., and Woo, W. 1994. "Structural Factors in the Economic Reforms of China, Eastern Europe and the Former Soviet Vn'on", *Economic Policy*, April.

102. Sargent, Thomas J. and Velde, Francois R. 1995. "Macroeconomic Features of the French Revolution", *Journal of Politi-*

cal *Economy*, Vol. 103, No. 3, 474～518.

103. Sebastian Edwards, Guido Tabellini. 1991. "Political Instability, Political Weakness and Inflation: an Empirical Analysis", NBER, working paper No. 3721.

104. Shapiro and Lance Taylor, 1990. "The state and industrial strategy," *World Development* 18(6): 861～878.

105. Shefrin and Thaler, 1988. "Explanations of effects of prior income changes on buying decisions" *Journal of Economic Psychology* Vol 20, Issue 4, 449～463.

106. Shumpeter, Joseph A. 1954. "*The crisis of the tax state*" In a Peacock, R. Turvey, W. F. Stolper, and E. Henderson (eds), International Economic Papers.

107. Stigler George. J. 1971, "The Theory of Economic Regulation" *Journal of Economics and Management Science*, 2, 3～21.

108. Ted, O' Donoghue, and Matthew, Rabin. 2001. "Self Awareness and Self Control " to appear as a chapter in "*Now or Later: Economic and Psychological Perspectives on Inter temporal Choice* "edited by Roy Baumeister, George Loewenstein, and Daniel Read, published by Russell Sage Foundation Press.

109. Thaler, R. 1980. "Toward a positive theory of consumer choice", *Journal of Economic Behavior and Organization*, 1, 39～60.

110. Thomas plumper and Christianw. 2003. "*Martin Democracy, government spending, and economic growth: A political - economic explanation of the Barro - effect Public Choice*" 117: 27 ～ 50, 2003. Kluwer Academic

Publishers. Printed in the Netherlands.

111. Tilly, Charles. 1975. "*The Formation of National States in Western Europe*", Princeton University Press.

112. Tommasi, M. and A. Velasco, 1996, "Where are We in the Political Economy of Reform" *Journal of Policy Reform*. 1, 187～238.

113. Tornell, Aaron, 1998. "Voracity and Growth," CEPR Discussion Papers 2001, C.E.P.R. Discussion Papers.

114. Torsten Persson, Guido Tabellini. 1991. "Is Inequality Harmful for Growth? Theory and Evidence", NBER, working paper No. 3599.

115. Tufte, 2004. "Political cycles in a developing economy: effect of elections in the Indian States" *Journal of Development Economics Volume* 73, Issue 1 125～154.

116. Tullock, Gordon. 1997. "The paradox of revolution", Public Choice, 11, 1971.

117. Tversky A, Kahneman D. 1981. The framing of decisions and the psychology of choice. *Science*, 211: 453～8.

118. Tyran, Jean－Robert and Sausgruber, Rupert. 2000. "*On Fiscal Illusion*", Depart of Economics, University of St. Gallen, Discussion Paper, from: http://www. fgn. unisg. ch/public.

119. Veneris, Y, D. Gupta. 1986. "Income Distribution and Sociopolitical Instability as Determinants of Savings: A Cross Sectional Model", *Journal of Political Economy*, 94, 873～883.

120. Wang, J. 1992. "The Third Way of the Chinese Economic Reform: Establish an Institution of Competition". *The*

Chinese Intellectual, 7, 8～24.
121. White, Lawrence H., and Donald J. Boudreaux 1998. "Is Nonprice Competition in Currency Inefficient?", *Journal of Money, Credit, and Banking* 30.
122. Wieser, Friedich. 1889. "*Natural Value, A. Malloch and William Smart*". New York: Macmillan, 1941.
123. Wildavsky, Aaron, 1964, *The Politics of the Budgetary Process*, Little, Brown.
124. Williamson, J., ed. 1994a. "The Political Economy of Economic Reform", Washington, DC: *Institute for International Economics*.
125. Wintrobe, Ronald. 1998. "*The political economy of dictatorship*"[M]. Cambridge University Press.
126. Wolfgang. Kasper. . Manfred. E. Streit, 1993. "*Successful Tax Reform*", printed in Great Brian by Redwood Books. 140～145.
127. World Bank, 2002. "Transition The First Ten Years: Analysis and Lessons for Eastern Europe and the Former Soviet Union", (2002), *Report from The World Bank*, Washington, D.C. 20433.
128. Xiaolu Wang, K. P. Kalirajan, 2002. "On explaining China's rural sectors' productivity growth", *Economic Modelling* 19, 261～275.
129. Yang, X., Wang, J., and Wills, I. 1992. "Economic Growth, Commercialization, and Institutional Changes in Rural China, 1979 - 1987", *China Economic Review*, 3, 1～37.

后　记

本书是我的博士学位论文。

将自己多年来兴致勃勃观察、绞尽脑汁思考、深入广泛交流的所谓思想总结出来的时候，有一种怅然若失的感受。反反复复，终于草就此文，发现只不过是论述了一个司空见惯的"穷则思变"。

1998 年我在天津财经学院思考这个问题的时候，无知者无畏，每天的思考都是快乐的。2000 年硕士论文答辩时，王维舟教授的点评是这篇论文的发端。非常怀念和王教授在济南千佛山下畅谈的感觉，可惜先生已逝。

但这种思考是散乱的，不知道会得出什么结论。当发现经济学理论基础的薄弱是自己胡思乱想终无所得的病根后，便决定负笈求学。几番周折，才得以踏入南开大学这一学术研究的殿堂。在反复中，深深体味了财政约束和心理成本的关系。2001 年得遇朱光华先生，我庆幸至极，先生是传道、授业、解惑的典范。正是在先生的指导下，我的学术道路开始变得宽阔和专一。先生殷殷的期望，对我来讲是一种无形的压力，使我不敢懈怠。财政的约束有一段时期使我变成了一个执行者，学术研究的计划变得紊乱。但是，这种约束的外部效用又完善了我的研究，因为对现实经济运行的观察进一步验证了文章中的观点，这也是先生所提倡的不做书斋的学问，而做大学问的一种实践。我曾经许诺，财政约束解除之后，安心学术研究是自然的选择，因为这篇论文只是我未来学术研究的起点，并且也只有财政约束的放松，才使得承诺可信。

自 2006 年 1 月进入清华大学公共管理学院后，我便开始将论文中形成的理论框架用于对中国现实的分析。江苏宿迁市全方位的体制改革在我看来就是为这一思维提供了天然的试验田,《宿迁市医疗卫生体制改革》只是其中的一小部分。财政压力下的权威、政府行为的短期与长期、市场化与产权的改革以及开放过程中权利的让渡等完全都包括在我的分析框架中。下一步,这种研究框架将会用于对中国历史上制度变迁的分析,只是需要时日而已。

本文的形成需要感谢很多的师友。

感谢武彦民教授教给了我通过财政视角思考问题的学术方法和对我生活的关心,感谢张宇燕先生对我的启发和悉心的指导,感谢王述英、景维民、段文斌、陈国富等先生给我的指教,感谢周立群、巫和懋、柳欣、蒋殿春等先生的授业和解惑。感谢张平先生和刘霞辉先生对我观察现实问题的指引,以及对后辈学术研究的鼓励和不遗余力的帮助。更要感谢第二、三、四届中国经济学年会和第四届青年经济学者论坛为我提供了宣讲自己学术思想的机会。在各位同仁的帮助下,我逐步修正了不准确和不严密的论述。感谢薛澜教授对我“宿迁改革研究”的支持,为这一理论的运用提供了实践的舞台。

手工作坊式完成的论文,也得益于学友之间的交流与探讨。许秋起、杨全社、阮加、李海伟等同窗学友的思想火花对我启发良多。我的老朋友秦启岭先生、刘玉春先生、谢永华和卢萍伉俪在我求学最艰难的时光让我体会到了友情的珍贵。人生得一知己足矣,我竟得了那么多。

感谢父母,在此处显得那么多余。我始终记得历尽人生磨难的父亲每年春节都坚持贴上一副“忠厚传家远,诗书继世长”的对联时虔诚的神情。这也是我谨慎做人、努力学术研究的座右铭。感谢爸爸妈妈的身教,感谢岳父岳母对我无微不至的关心以及殷切的期待。

人常言:夫妻同心,其利断金。未来共同走过的路还有好远,我会用深深的爱来回报夫人红鑫对我的帮助。这篇论文是我们学术合作的结晶。在未来学术研究和生活的路上,我们将风雨同舟,快乐着,幸福着。

魏凤春于北京

2008年3月25日